零細奴隷商人、一人も奴隷が売れなかったので売れ残り少女たちと辺境でスローライフをする

～毎日優しく接していたら、
いつの間にか勝手に魔物を狩るようになってきた。
え、この子たち最強種の魔族だったの?～

[著] 夜分長文

[原案] はにゅう [イラスト] もっつん*

2

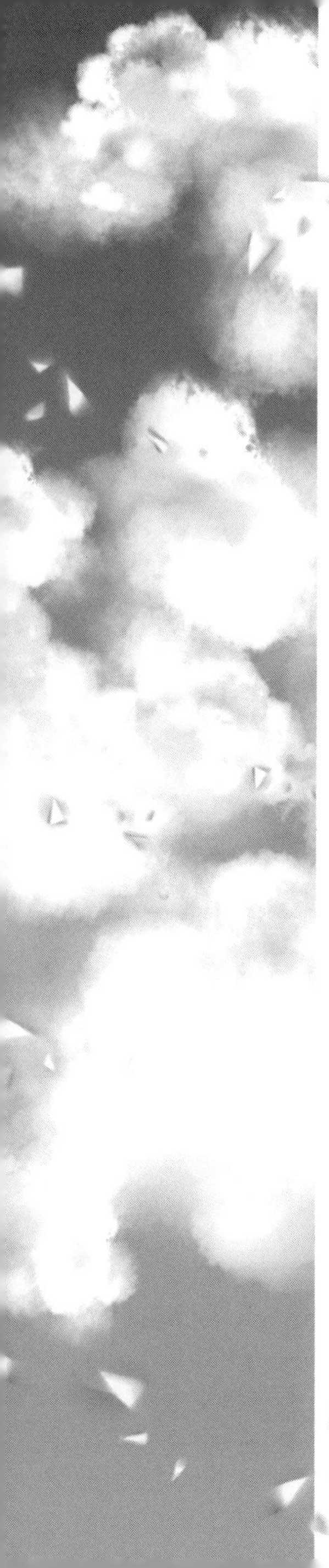

CONTENTS

プロローグ

PROLOGUE

「……暑すぎやしないか、今年」

　俺は窓際の近くに椅子《いす》を置いて座り、微《かす》かに吹く生ぬるい風にため息をついていた。

　アリビア男爵領にやってきて数ヶ月。なかなか大変な日々を送っていたが、どうにか最近になって慣れてきた。アリビア第三村との関わりも現在進行系で続いており、ボタンたちとは仲良くしている。

　そりゃ情報を売られたときはもうだめかと思ったが、もう今となってはあまり気にしてはいなかった。

　まあ……その話になれば普通にボタンをしばく程度の怒りはまだ残っているけれど。

　ともあれ、俺たちはヤモリからの襲撃も乗り越え、今は平和に暮らしていた。

　不自由な場所でもそれなりに工夫して楽しく生活していたが、どうしてもそれだけでは片づけられない問題があった。

　それが暑さだ。

　季節は夏、日の光はさんさんと降り注ぎ、外を見てみれば陽炎《かげろう》が揺らいでいる。

　あまりの暑さに絶賛くたびれ中だ。

　少し前まで涼しくて過ごしやすい季節だった気がするのだが……全く、時間の流れというのは早いものである。

「スレイ～……服脱いでいいかな～？」

「絶対脱ぐなよミーア……ただしかし、気持ちは痛いほどわかる……俺も脱ぎたい……」

俺と同じように窓際に椅子を置いて、干からびそうになっているミーアがぼやく。

ミーアのふわふわとした耳は可愛《かわい》らしいが、それはそれで暑そうだなと思う。

彼女は彼女で汗だくである。どうにか服で扇《あお》いでマシにしようとはしているようだが、結局来るのは生ぬるい風だから気休め程度にしかなっていない。

「ほんと暑いわ……氷を浴びたい、というか浸《つ》かりたい。もっと言えば雪国に行きたい」

「お気持ち……すごくわかります……。でも雪国に行くのは……現実的じゃないですね……」

イヴとレイレイが机に突っ伏して、半ば溶けそうになりながら呟《つぶや》いている。

ミーアと同じで、彼女たちも汗だくだ。

せっかく可愛い服を着ているのに、だらしなく着崩してしまっている。

もちろん彼女たちの服は俺が借金をしてまで買ったものなので、俺としてはちゃんと着て欲しいものだが、しかし今この状況でそんなことは言えない。

ミーアはともかく、イヴとレイレイの衣装は夏だと少しばかり暑すぎる。

「わかるわ。俺も今すっげえ氷に浸かりたい気分なんだ。レイレイ、なんか魔法で氷風呂とか作れないのか？」

氷風呂なんて浸かってしまうと心臓が悲鳴を上げそうだが、そんなことを気にする場面ではない。

可能なら氷を浴びたい。

そんな思いである。

「無茶言わないでくださいよ……そんな都合良く氷を出す魔法なんて使えるわけないじゃないですか……」

「……だよなぁ。ないよな氷を出す魔法なんて」

ここでレイレイが氷魔法なんかを覚えていたら、もう神様だと崇《あが》め倒《たお》していたが……しかし現実はそう上手くいかないものだ。というか、もし覚えているのなら既に使っているだろう。

レイレイはなんでも知っている天才だと考えているが、しかし天才であっても万能ではない。

「この暑さ……どうにかならないかな。直接暑さを対策することができないなら、誤魔化す以外ないわけだが……」

俺はしばらく脳内で逡巡《しゅんじゅん》した後、窓の外を指さした。

「蝉《せみ》でも捕るか？　森の中走り回ったら元気になるだろ」

わりと名案のように思う。実際少年時代を思い返してみれば、暑い中蝉を捕るために走り回っていたものだ。

記憶では暑さも感じていなかったような気がする。

何かに夢中になれば、多少はマシになるのだろう。

ああ……なんか途端に蝉を捕りたくなってきたような気がする。

今から何も考えずに森の中を走り回ってやろうかな。

「絶対嫌。虫が嫌」

だが、俺の意見をイヴが全力で否定してくる。

「ワガママ言うなよイヴ。ミミズ食わすぞ」

「ぶち殺すわよ！　というか、レイレイもミーアも嫌でしょ蝉」

イヴが嘆息しながら二人を見る。

レイレイはわからないが、きっとミーアなら名案だと言ってくれるだろう。なんたってミーアだからな。

「うーん……蝉かぁ。私苦手かなぁ～」

意外である。

彼女のことだ。昔は蝉を捕りまくっていたなんて言い出してもおかしくないと思っていたのだが。

「マジか。ミーアこそ得意そうなイメージだったんだけど」

「そんなことないよ！　蝉を食べるのあまり好きじゃないからなぁ～」

「……そっちか」

ミーアに聞いたのが間違いだったかもしれない。なんで食う前提なんだよ……ミミズしかり蝉しかり、ミーアは超人だよなほんと。

「レイレイはどうなんだ？」

聞いてみると、彼女は苦笑する。

「あ～……虫捕りしたところで暑さは対策できないかと……」

「……正論だな」

名案だとは思ったが、実際のところ対策にはなっていない。それこそ服で扇ぐように、気休め程度にしかならないものだ。

俺はため息をついた後、窓の外を眺める。

何か良い案でもないだろうか。

だが、俺の脳じゃ天才的なアイデアは出てこない。

ああ……でもあいつなら。

ボタンのとこなら……氷でもありそうだよな。

行ってみるのもありか。

「ボタンのとこ行ったら何かあるんじゃないのか……？　かき氷くらいなら出してくれるかも」

そんなことを言うと、イヴが何度も頷《うなず》く。

「それあり。マジであり。ボタンとこなら絶対それくらいある」

イヴはバンと机を両手で叩《たた》いて、その勢いのまま椅子から立ち上がる。暑さにやられたのかけだるそうにしながら、レイレイとミーアを一瞥《いちべつ》した。

「二人もそれでいいわよね？　かき氷食べたいでしょ？」

もう全力である。

意地でもこの案を通そうとしている様子だった。

まあ俺としてもボタンのところでかき氷が食えるなら食いたいところではある。

「わ、わたしもかき氷食べたいです！　行きましょう！」

レイレイも賛成なようだ。あとはミーアだけなのであるが、しかし彼女はどこか悩んでいる様子だった。

「どうしたミーア？　かき氷食べたくないのか？」

まさかこの暑さでかき氷食べたくない派なんて存在しないだろう。

万が一いたとしたらあれだ。ちょっとヤバい奴だ。

何か己に縛りでも課していないとできないことだと思う。もしもそんな縛りをミーアが自分に課しているのであれば、俺は全力で解放してやろう。

「私も賛成なんだけどね……！　スレイたちの話を聞いてて、少し良いこと思いついちゃって！」

「良いこと？　かき氷以上のものがあるのか？」

正直想像できない。

この状況でこれ以上のいいアイデア……なんだろう。

知り合いに氷魔法が使える人がいるとか？

それなら確かに良いアイデアである。

こちらとしても迷うことなくミーアの人脈に乗っかりたいところではあるが。

なんて考えていると、ミーアが自信満々といった様子で胸を張る。

「ふふん！　かき氷……確かに名案！　だけどだけど！　ただかき氷を食べるだけじゃつまらないよねって思ったわけだよ！」

演説かのように語るミーアを見て、俺たちは苦笑する。

いやいや、かき氷がつまらないわけがないだろう。

確かに食べるだけではあるが、この死にそうな暑さを一時的にはしのぐことができるのだ。

なんなら、これ以上の名案があるのだろうかと疑ってしまうほどである。

なんたって夏なのだ。

夏と言えばかき氷。かき氷と言えば夏である。

この事実に関しては、誰も文句は言えないだろう。

言えるとするならば、おそらくそいつは天才かバカのどちらかだ。

だが、俺たちの反応にミーアは屈しない。

「――海でかき氷を食べるだなんて最高じゃないかな！　泳いだりできるし、かき氷は美味《おい》しいし、水着だから体も涼しい！　うーん名案でしょ！」

海……か。

考えもしなかった。

確かに海で泳ぐのはこの季節だと最高に楽しいと思うし、そこで食べるかき氷なんてシナジーが発揮されて大変なことになるだろう。

しかもかき氷だけじゃない。

海には出店だってあるだろうし、そこで美味しいご飯にだってありつけるかもしれない。

これは普通に考えて……名案では？

もしかしなくても天才なのではないだろうか。

さすがは俺の家族である。

俺のような凡人には思いつかないような最高のアイデアを提案してくる。

なんて誇らしいのだろうか。

「ミーア！　いいなそれ！　海行こうぜ！」

そう言って、俺はイヴとレイレイの肩を叩く。

「二人も賛成だろ！」

聞くと、二人は考える素振りを一瞬見せるがすぐに何度も頷いた。

「海……ありね！　海なんて行ったことないけど、想像するだけでワクワクするかも！」

「ありだと思います！　わ、わたしも行ったことないのでぜひ行きたいです！」

全員賛成といった感じである。

とはいえ、俺も海なんてものは行ったことがない。

本で読んだ知識以外には何も知らなかった。

しかし……今なら行ける。自由になった俺たちなら、海だって余裕だ。

「ふふふ！　みんなならぜったい賛成するって思ってたよ！　よーし！　私もテンション上がってきたよ！」

ミーアは何度もその場で跳びはねて、もう体全体でワクワクを表現している。

「ただ……水着も持ってないし、場所も知らないんだよな。まあそこはボタンに頼めばどうにかなるか」

氷も水着もほとんどボタンを頼ることになるが……まあ第三村のときのお礼をしてもらうと考えればいいだろう。

「よし……それじゃあ準備だな！　お前ら気合い入れてけよ！」

「もちろんだよ！」

「当たり前よ！」

「おー！　です！」

こうして、俺たちの夏が始まった。

第一章

CHAPTER 1

「久々の馬車だな～。実際、アリビア男爵領に来てからは遠出することなんてなかったからな」

俺は馬車に揺られながら、そんなことを呟く。

蝉時雨《せみしぐれ》が降り注ぎ、昼というには早い時間だというのに、茹《ゆ》だってしまいそうな暑い日だ。しかしながら、俺は意外と平気な表情を浮かべて座席に背中を預けている。

「やっぱり馬車での移動はテンションが上がるね！　こう、なんだかな！　新天地へ向かう冒険感があって！」

ミーアが立ち上がって、わいわいと騒ぐ。

さながら小さい子どものように騒いでいる姿は、見ている俺もほのぼのとしてしまう。

とはいえ実際に、俺もワクワクしている節があった。

そもそもワクワクしないほうがおかしい。

なんせ、貸し切りの海水浴場なのだ。どうやらその場所はかなりの穴場らしく、その海水浴場を管理している人が厚意で知り合いにしか貸していないらしい。

たまたまボタンが管理人と知り合いだったこともあり、俺たちが利用できることになったのだ。

というわけで、その海水浴場の近くの町へと、俺たちは馬車で移動していた。

土地勘なんてないし、地図もまともに見たことがなかったから知らなかったのだが、どうやらアリビア男爵領は海に面している領地だったようだ。それもあって、海水浴場まで向かうのに別の領地に行く必要はなかった。

意外と近かったわけで、何日もかけての大移動というのは回避できたのである。

それに万が一別の領地だった場合、若干面倒だったのもある。

というのも、俺はヤモリから指名手配されていた身だ。手配書がどこまで配布されていたのかは知らないが、アリビア男爵領という別の領地にも配られていたことを考えると、間違いなく入る際に門番あたりから止められるだろう。

「ミーアはほんと元気よね。でも……あたしもすごくワクワクしてる！　水着だって気合いを入れてきたんだから！」

イヴがふふんと鼻を鳴らしながらそんなことを言った。

「わ、わたしもです！　水着もめちゃくちゃ可愛いのにしましたから！」

イヴとレイレイも楽しみで仕方がない様子だ。

けれど……二人の水着か。

あまり想像できない。

というかしたことがなかった。

けれど、冷静に考えてみて彼女たちの水着姿はかなり素晴らしいものになるだろう。

なんせ……彼女たちは俺から見てもいい体つきをしている。

多分、俺以外の一般男性が見たら悩殺されてしまうだろう。

「へぇ～お前たちの水着も楽しみだな。いったいどんなのにしたんだ？」

純粋な疑問で、彼女たちに聞いてみる。

すると、何故か二人は顔を赤くした。

「なんかスレイ下心ありそうで気持ち悪いんだけど！」

「……わたしは、えっと、興味をもってくれて嬉《うれ》しいです！」

二人からの指摘に、俺はドキッとしてしまう。

もちろん下心なんてなかったが、さっきまで彼女たちの水着姿を想像しながら分析していたわけである。

普通に考えてセクハラには該当するわけで、俺はもう冷や汗だらだらであった。

「下心なんてねぇよ！　会話の流れ的に普通だろ！」

俺は慌てて否定する。

その様子はまさしく思春期男子そのものだっただろう。

もちろん彼女たちに下心を抱いたことなんて、生まれてこの方一度としてない。

当たり前だろう。

俺は紳士であり、健全な一般男性なのだから。

いや、まあ……それはさすがに嘘《うそ》だけど。

異性として少しドキドキするくらいはあるけれど。

だが！　今彼女たちに水着を聞いたことに関しては本当に下心なんてなかった。

マジだぞ！

嘘なんてついてないからな！

「もうみんな！　スレイが下心なんて抱くわけないじゃん！」

ミーアが腰に手を当てて叫ぶ。

よくわかっているじゃないか。

その通りである。

俺は下心なんて抱いていない。

そこを理解してくれているミーアには感謝してもしきれないな。

「スレイは私たちの裸なんて見慣れているんだから、水着で何かあるわけないよね！　でしょ？」

彼女の発言に、イヴとレイレイがじとっとした目で見てくる。いいかミーア、それはフォローとは言わないんだ。

声を大にして言うものじゃない。

俺はもう苦笑いしかできないでいた。

「おいおい兄ちゃん！　元気だねぇ！」

「違いますから御者さん！　勘違いしないでください！」

ミーアの発言が御者さんにも聞こえていたらしく、こちらに振り返ってニヤニヤしながら言ってきた。

くっそ恥ずかしい。

もうこの馬車から降りたくなってきた。

というか、御者さんも多少は気を遣って黙っていて欲しかった。

俺はもうダメだ。

恥ずかしくて死にそうである。

「まあでも、あたしはスレイに見て欲しくて水着を選んでいるから……構わないけど」

「え……？」

突然、イヴがそんなことを言ってきた。

その発言に、俺の脳内は真っ白になる。

この子は何を言っているのだろうか。

やっぱりあれかな。この暑さにやられてしまったのだろうか。

確かにこの暑さだと、頭も茹だってしまいそうではあるが。

イヴの発言に困惑していると、ぶんぶんと両手を振ってレイレイが間に入ってくる。

「わ、わたしも言いましたよ！　興味をもってくれて嬉しいって！　イヴさんだけじゃありませんから！」

ふくれっ面になって、レイレイがぐっと迫ってくる。

お前も何を言っているんだ。

もしかしなくても、ここにいるみんな全員暑さにやられてしまっているのだろうか。

それに対して俺は再度困惑することしかできず、苦笑を浮かべていた。

「イヴやレイレイばっかずるいよ！　私だってスレイのことを思って水着を選んだんだから！」

ミーアまでも言い出す始末である。

というか、そんなこと言って恥ずかしくないのだろうか。

俺はもう恥ずかしくて仕方がないのだが。

もう顔が熱くて仕方がない。

まさにお手本のような赤面をしてしまっているだろう。

「お前ら……冗談はそれくらいにしておけよ？」

年頃の女の子なんだから、そんなことを言うのは控えておいたほうがいいとお兄さんは思います。

いや、お兄さんというほど年齢は離れていないけれど。

「マジだから」

「大マジです」

「マジマジだよ！」

三人が真剣な表情をして言ってくる。

マジ……なのか。

いや、もう何がマジなのか理解しきれていないが、彼女たちがマジと言うのならマジなのだろう。

それはそうと、俺はもう困惑することしかできなかったが。

ミーアはともかく、イヴとレイレイの目は本気なんだよな。冗談を言っているようには実際見えない。

うーん……。

まあ、彼女たちが俺のことを思ってくれているのは嬉しいことだ。

なんか、すごく恥ずかしいけど。

「それよりも！　みんなあれ見てみろよ！」

視線を泳がせていると、話を変えるには素晴らしいほどに都合の良いものが見えたので、俺は指をさす。

彼女たちは俺が指さした方向を見るなり、目をキラキラと輝かせながら馬車から身を乗り出した。

「海だ！　海だよスレイ！」

「わぁ……！　初めて見たわ！」

「青くて輝いてますよ！」

どうやら話を逸《そ》らす作戦は成功したらしい。

ともあれ、実際にこの目で海を見たのは初めてだ。

俺も馬車から身を乗り出して、目の前に広がっている光景を眺める。

日の光が反射して、水面《みなも》が宝石のように輝いていた。

それに、この鼻孔をくすぐる不思議な香り。本で読んだことがあるが、これがおそらく潮の香りというのだろう。

なんて感動的なのだろうか。

本で見たものを実際にこの目で見ると、やはり胸が高鳴る。想像の中でしか存在しなかったはずの海が、今この目に映っているのだ。

妄想でしか見ることができなかった、海が目の前にある。

自分の手の届く場所にある。

昔憧れていたものが目下にあるのだ。

そう考えるだけで、少し泣けてしまいそうになっていた。

「なんか、自由って感じがするな」

アリビア男爵領に来る以前の閉鎖的な環境にいた頃とは違って、すごく自由を感じる。

今まで体を伸ばすスペースすらなかったのに、今はもう大の字でも寝られるし、走り回ったりもできる、そんな感覚。

以前までの自分にこのことを伝えたら、なんて言うだろうか。

おそらくは信じてくれないだろうな。

俺は生憎《あいにく》と現実主義者だから、いくら未来の自分が直接教えてくれたとしても絶対に信じないと思う。

「そろそろだぜ兄ちゃん！　降りる準備しときな！」

御者さんが丁寧にもそんなことを言ってくれたので、俺は持ってきていたリュックを手に取って背負うことにする。

もちろん、この中に入っているのは水着だったり遊び道具だったり、それはもう色々だ。

この日のためにめちゃくちゃ準備をしておいたのである。

もうこの荷物を持つだけで、条件反射でドキドキワクワクしてしまうようになってしまった。

しばらく進んだ後、海水浴場近くの町へと入っていく。

ここは海に面していることもあって漁業も盛んらしく、人も多いし建物も多く立ち並んでいた。

第三村も賑《にぎ》わっていたほうだと思うが、しかしそれ以上のものを感じる。

建物も平屋ばかりじゃない。二階建てのものも複数軒あるようだった。

もうそれだけで、第三村とは雰囲気が違う。

と言っても、第三村は意図的に似た建物ばかりを建てているようだったから、比較するのは間違いかもしれないが。

馬車が止まり、俺たちはドキドキしながら降りる。御者さんにお礼を言ってお金を渡し、俺はぐっとその場で伸びをした。

「ついに来たぞ！　いよいよ俺たちの夏が始まろうとしている！」

両手を掲げ、俺は思いっきり叫ぶ。

テンションは最高潮だった。

憧れだった海が目前にあるのだから、テンションが上がらないわけがない。

とはいえ、言ってすぐに周囲の人が笑いながら見てきていることに気がついて、恥ずかしくなりながら縮こまったわけだが。

まあ、心の中で両拳を掲げて叫んでいるのには変わりない。

「早く行こうよ！　海が私たちを待っているよ！」

「人目なんて気にしている暇なんてないわよスレイ！」

「ガンガン行きましょう！　慎重になっている暇なんてありませんよ！」

恥ずかしくなっている俺と相対して、他のみんなはもうワクワクして仕方がないようだった。

俺なんて周囲に視線を向けられて頬が熱くなっていたのにな。

でも確かに、ここまで来て人目を気にしすぎるのも良くないか。

もちろん常識は守りつつ、常識の範囲で騒ぐ。

それくらいやったほうが息抜きにもなるだろう。

「なら——行くか！　海に！」

俺はそう言って、海水浴場へと繋《つな》がる道を走る。

それに倣《なら》って、三人も俺を追いかけて走り出した。

しかし、この町は本当に人が多い。

走るにしても、人の間を縫っていく形になるので本当に人混みが苦手な俺にとってはかなりキツいものだ。

けれども、今の俺は半ば無敵状態。

たとえ数多《あまた》もの群衆に飲まれようが鮭《さけ》のごとく川へ……俺の場合は海だが、真っ直ぐに突き進んでいくだろう。

とはいえ、第三村と比較しても人は数倍いると思う。

何度でも言うが、俺は人混みが得意なわけではないから、もう人の多さだけで頭がくらくらしてしまっている。

暑さと人混みのダブルパンチだ。

だが、そんなことでくよくよしている場面でもない。

相変わらず夏の暑さに茹だってしまいそうではあるが、今はそんなこと気にしている暇なんてないのだ。

どうやら、海水浴場は町から少し離れた場所にあるらしい。

人の間を縫って進んでいき、大通りから逸れた道に入り、ひた走っていると次第に視界が開けてきた。

さざ波のような音が聞こえてきたかと思えば、目の前には広大な海が広がっていた。

青く、澄んでいる。

大きな水面は揺らめき、太陽の光が反射して広大な海に道ができあがっているようにも見えた。

夏が始まろうとしている。

その言葉が脳内で巡るほど俺の鼓動は高まっていった。

「おお！　おおおお！」

興奮しながら砂浜に足を踏み入れる。

砂浜に足が触れると、あまりの熱さに驚いてしまう。

一瞬怯《ひる》んでしまったが、同時にこれが噂《うわさ》の砂浜の熱さかと感動がこみ上げてきた。

この熱さなら、フライパンを用意してその上に肉を置けば焼けてしまうのではないだろうか。

もし時間と余裕が許すなら、今からでも家に戻って用意したいところではあるが、そんなことはできないので諦めることにする。

そんな妄想をしたものの。

しかし、俺は止まることなく砂浜を進む。

一瞬砂に足を取られそうになるが、気にせず海の前まで走って行く。

そして、俺は両拳を掲げて思い切り叫んだ。

「海だぁぁぁ！　来たぞーー！」

この浜には俺たちしかいないので、今度こそ人目を気にせず思いっきり叫ぶ。久々にこんなにも叫んだからか、すごく気分がいい。

「うわあああ！　すっごい青い！　すっごい広い！」

ミーアが何度もその場で跳びはねながら、興奮気味に海を眺めている。

その様子はまさしく、可憐《かれん》な少女そのもので少しばかりほっこりした。

「すごいわよ！　水平線が見えるわよスレイ！」

「こ、こんな場所があるだなんて……感動です！」

二人も目を輝かせながら、青い海を見据えていた。

イヴが言っている通り、本当に水平線が見える。

水平線が見える程度で喜ぶことはないという人間もいるかもしれないが、俺たちにとっては感激してしまう出来事である。

イヴと同じように、俺もこの光景を眺められて嬉しくて嬉しくて仕方がなかった。

まだ海にすら入っていないのに、暑いことすら忘れてしまいそうである。

一度は見てみたかった、この景色を見られたことが嬉しいし、何より彼女たちとこうして自由を噛《か》みしめるのがたまらなく嬉しかった。

「よし！　水着に着替えるか！」

俺は彼女たちのほうを見て、にやりと笑う。

それを見るなり、彼女たちも笑みを作ってこくりと頷いた。

なんたって海と言えば水着なわけで、着替えるという行為自体がテンションを爆上げしてしまう。

「おう！」

「もちろんよ！」

「気合い入れますよ！」

俺たちは顔を合わせ、深く頷く。

しかし、その後すぐに冷静になった。

もう俺の脳内は真っ白である。

「ここって……着替える場所なくね？」

周囲を見渡して、俺はそんなことを言う。

そりゃあここが大々的に海水浴場をやっていて、数多くの人が使用するのであれば、着替えをする場所の一つくらいあるだろう。

しかし……ない。

ここはあくまで厚意で管理人が知り合いに貸したりしている場所なのだ。冷静に考えてあるわけがない。

よくよく考えればわかることだった。

しかし、そこまで頭が回る人間ではないので全く予想していなかったのである。

俺はしばらく悩む。

悩みに悩んだ末に出てきた言葉が「また……か」だった。

少し前にも、似たような出来事があった。

ボタンたちと一緒に温泉に入ったときだ。あのときも脱衣所的なのはなくて、適当にその場で脱いでいた記憶がある。

あのときの記憶は思い出すだけで頭がくらくらしてしまう。

嬉しいとか恥ずかしいとかそんなピンクな感情ではなく、絶望や面倒くさいという負の感情でだ。

彼女たちにとってはどうでもいいことなのかもしれないが、俺は一応男なのである。

世間体というのもあるわけで、そんなことが万が一にも他の人たちにバレてしまったら、間違いなく死んでしまう。

俺は間違いなく自分の首を切って、そのまま海に飛び込むだろう。

「私たちは気にしないよ！」

ミーアは笑いながら言う。

俺にとっては全く笑えないんだけどな。

「普通に着替えていい？」

「スレイさんったら今さらじゃないですか！」

イヴやレイレイも同じだ。

彼女たちは当たり前だが、一切気にしていない様子であった。

水着で恥じらう気持ちがあるのなら、俺の近くで全裸になるほうが恥ずかしいことだと思うんだけど、そのあたりどう思っているのだろう。

可能であればその違いを教えて貰いたい。

違いを把握した上で徹底的に抗議をしたい。

「確かに今さらかもしれないが……でもなぁ……お前たちなぁ……」

額に手を当てて嘆息する。

どうしたものか。今さらかもしれないが、しかしそれで片付けていい問題でもないと思うんだけれど。

なんだろう。

ここは保護者である俺がきちんと説教をしなければならない気もする。

しかしまあ……彼女たちにいくら言ったって理解はしてくれないだろう。

ここはもう、俺から行動するほかない。

「俺、やっぱ向こう行ってくるからその間に――」

なんてことを言いながら顔を上げる——彼女たちはもう全裸だった。

なんだこれ、死か？

「お、おお、おおおおい！　あのなぁ！」

慌てて彼女たちに背を向け、震えながら叫ぶ。

頭の中はもう大パニックである。

表現するならば、頭の中でサーカス団がライオンを手なずけつつ一つ劇をしているようなイメージだ。

なんなら劇が失敗して、もうライオンに食われてしまっている。

俺の脳内はそんなカオスな状態になってしまっていた。

「俺が見えてないのか⁉　男だぞ俺⁉」

普通の女の子なら、恥ずかしくて仕方がないはずだ。

というか、俺が恥ずかしい。

そもそも彼女たちはお年頃である。

俺のような男に見られるだなんて、死んでも嫌なはずだ。

なのに……どうして彼女たちはこうも冷静なんだ。

どうしてそこまで冷静に全裸になれるのだ。

俺が男だと思われていないのだろうか。

いや、それならまだ良い。

だが、これが「別に男性に裸を見られることくらいどうってことないわよ」的な思考ならば、それはもうアウトである。

しかし俺の気持ちとは違って、彼女たちは不思議そうに呟く。

「ええ？　そんなに焦ることかな？　ねえみんな？」

「そうよ。あたしたちは気にしないから、スレイも気にすることないわよ」

「ですです。もうスレイさんってば恥ずかしがり屋なんですね」

そういう問題じゃないと俺は思います。

正直……君たちの言っていることが理解できません。

とはいえ、俺のこの気持ちは彼女たちに伝わることはないと理解しているので、俺は諦めて近場の岩陰を指さす。

「俺……あそこで着替えてくるから。見るなよ！」

言うと。

「フリかな!?」

ミーアが元気よく言う。

しばくぞ。

「ふ、ふん。心配しなくても見ないわよ。多分」

「ええ、はい。見ませんから。はい。ええ」

イヴやレイレイもこんな感じであった。

こいつら信用できねぇ……。

まあでもさすがに俺の裸なんて興味があるわけがないだろう。あったら少し、いや、かなり怖いかもしれない。

身の毛がよだつ。体が震える。

ともあれ、過剰に考えすぎても意味はない。彼女たちはそんなことはしないし、そんな悪い子に育てた記憶もない。

俺は安心して岩陰に移動し、水着に着替える。

俺らしい緑の水着だ。

ゴーグルを首にぶら下げて、顎に手を当てて少し決めポーズを取ってみる。実はこの水着一式、我ながらめちゃくちゃ格好良いと思っている。

特にゴーグルがチャームポイントだな。

「よしっ。オーケーだな……ああ……何してるんだお前ら」

やけに視線を感じるなと思っていると、岩陰に隠れてこちらを覗《のぞ》いてきている三人の姿があった。

ミーアは満面の笑み、イヴは獲物を狩るような鋭い視線、レイレイは赤面しながら恥ずかしそうにこちらを凝視していた。

「あ！　バレちゃった！」

ミーアが大声でそんなことを言うと、イヴがミーアの頭を叩いて怒鳴る。

「叫ばないでよ！　完全にバレちゃったじゃないの！」

「えー！　いいじゃん別に！」

「良くないわよ！」

なんて喧嘩《けんか》している二人を見て、あわあわと困った表情を浮かべているレイレイ。……こいつら、本当に覗いてきていたのか？

「なあ。まさか本当に覗きをしていたのか……？」

ジト目で三人に尋ねると、彼女たちは苦笑して目を逸らす。唯一ミーアだけは堂々としていて、胸を張って。

「スレイの生着替えをみんなで見ようってことになってね！　うん！　最高だったよ！」

こっちは最悪だよミーア。

本当にお前がお前でよかったな。

これがもしもボタンとかだったら、俺は躊躇《ちゅうちょ》なく頭をしばいていたところだろう。

というか、俺の生着替えを見たところで何が嬉しいんだよ。

俺がもしも超絶イケメンだったら得も多少あるかもしれないが、平凡で凡人でフツメンの俺の着替えを見たところで得なんて一切ない。もしもそこから得を見出《みい》だせるならば、多分そいつは物好きの変人だ。

いや……そう言ってしまうと、ミーアたちを変人扱いしてしまうことになるのか……。

それはちょっと嫌だな。

「……まあいいや。俺もそっち行くよ」

そう言って、俺は岩陰から出て行く。

日の光が再び当たってかなり暑いが、これから海に入れると思うと全然気にならない範囲である。

しかし――それよりもだ。

「お前ら、俺が言うのもなんだが可愛い水着着ているな」

彼女たちの水着を見て、俺は感心してしまう。

「ふふふ！　可愛いでしょ！」

ミーアは髪を耳元で結んで、どこか少女感を出している。

白のワンピースのような水着を着ていて、胸元にある緑のリボンがとても可愛い。露出こそ少ないが、彼女らしい可愛い水着だ。

「どうかしら！　美しいでしょ！」

イヴはというと、いつも通りのツインテに赤を基調とした大人っぽい水着だ。ミーアとは打って変わって露出も多く、胸が強調されていて、少しだけ目のやり場に困る。けれど、彼女自身が言っているように大人っぽく美しいと感じる衣装だ。

「え、ええと……その……じっと見られると恥ずかしいですね」

「お前は……なかなか過激だな……」

レイレイの水着を見て思わず、そんな言葉が漏れてしまう。

透き通るような純白の水着なのだが、とにかく露出が……すごい。その……胸がすごい。大変なことになっている。

普段おどおどとしているレイレイとは印象が違う水着だ。

「が、頑張ってみたんですが……変、ですかね？」

「いや全然。可愛い。なんならありがとうございますと言わせてくれ」

「え、ええ？」

俺は彼女に深々と頭を下げ、サムズアップをして強い感謝を伝えた。

「あんたさぁ……」

イヴが不満そうにこちらを睨《にら》みつけてくる。

「もちろんイヴにも感謝をさせてくれ。いいおっぱいだ」

「は、はぁ!? 直球すぎない!?」

「だってあれじゃん。お前ら普通に俺の着替えを覗いてくるような感じだから、こっちも気にしなくていいかなって」

「だけど少しは自重しなさい！」

「お前もな」

「それは……そうだけど」

俺の返しにイヴは何も言えなくなったのか、両手の人差し指の先をつんつんとしている。

彼女たちが覗きなんてしなかったら俺も多少は気にして言わなかっただろうけど、こいつらのスタンスからして遠慮はしなくていいと判断したわけだ。

向こうが来るなら俺も行く。

もちろん考えもなしにやっているわけじゃない。

ほら、向こうからぐいぐい来る人って、いざこっちから行くと突然消極的になるじゃん、あれを実践してみているわけだ。

「私は！　私はどうかな！」

ミーアが間に入ってきて、ぴょんぴょんと跳ねている。

「可愛いな、ミーア」

「やったー！」

頭を撫《な》でてやると、嬉しそうに体を揺らす。

純粋な可愛さで言えば、この子が一番かもしれない。それにしても彼女は安心感があるよな。だってワンピース型の水着だぜ？

露出度も一番低くて、少女らしく可愛らしいものだ。

「でも可愛いだけじゃないんだよスレイ！　私ってば一番すごかったりするよ！」

「へぇ～そうなのか。いったい何がすごいんだ？」

「これー！」

そう言って、ミーアがワンピースをたくし上げる。

刹那、世界が凍った。

「おまっ……!?　はっ……!?　はだっ……かぁ……!?」

何もなかった。

いや、本当に真の意味で何もなかった。

ほら、俺もよく知らないけど、ワンピース型の水着って中にレオタード部分があるはずだろ？

信じられないかもしれないが、その部分がなかったのだ。

守るべきはずの布がなかったのだ。

つまりどういう意味かって？

そういうことだよ。

「ちょ！　ミーア嘘でしょ⁉　なんで何もないのその水着⁉」

「は、早く隠してくださいっ！」

イヴとレイレイが慌ててミーアに飛びつき、ワンピースをたくし上げるのをやめさせる。

俺はと言うと、どうにかして自分の目を潰そうとしていた。

見てはいけないものを見てしまった。イヴやレイレイから殺されても文句は言えない。

生憎と目潰しの心得はないから我流にはなってしまう。

上手く己の目を潰すことができるかわからないが、血塗《ちまみ》れになってでも潰してみせる。

「おいおいミーア！　そんな水着どこにあったんだよ！」

俺は自分の両目に指を突っ込む構えをとりながら、ミーアに向かって叫ぶ。

「えっとね！　レオタード部分を切ったの！　下着的なの好きじゃないの知ってるでしょ？」

「知ってるけど……お前さぁ……！」

俺は頭を抱えてしまう。

ミーアさぁ……少しはさぁ……！

「念のため確認だけど……それ以外の水着は……あるわけないわよね？」

イヴの質問にミーアは元気よく頷く。

「ないよ！」

まあ、当然だよな。

海に来るのに、何着も水着を持ってきているわけがない。

「えっと……とりあえずミーアさんは……気をつけて遊びましょうね？」

「うん！　気をつけるよ！」

レイレイも「気をつけて」と言うしかないわけで、けれどもミーアは何も考えていなそうな笑みを浮かべて笑っている。

なんて純粋無垢な笑顔なのだろうか。

「スレイ……一応、見ないようにね」

「わかってるっつうの。善処する」

「ほんとかしら……」

イヴが疑問を呈するが、そこを疑われては困る。

「いや、ガチだから。疑わないでくれ。俺はまだ犯罪者にはなりたくない」

レイレイやイヴもアウトだが、しかしミーアに関してはそばにいるだけで俺が犯罪者扱いされる。

誰かに見られでもしたら、ミーアではなく俺が牢屋《ろうや》にぶち込まれてしまう。

「もうミーアの水着は気をつけるってことでいいとしよう！」

俺は手をパンと叩き、三人を見渡す。

「俺たちがやることはただ一つ！　今日を史上最高の思い出に残る一日にすること！　そして、クソ暑い夏を楽しむこと！」

「二つもあるよ！」

「うるさいぞミーア！　一つも二つも変わらん！」

ミーアのツッコミを退け、俺は腰に手を当てる。

「それでは皆の衆――突撃だ！」

「「「おう！」」」

俺が拳を突き上げると、彼女たちも倣って拳を掲げる。そして、俺たちは思いっきり海へと走り込んだ。

足が海水に触れる。

普通の水と違う点を挙げろと言われると、よくわからないけれど、しかし何よりも海に触れたという感動があった。

海水を蹴ってみる。これで俺は海を蹴ったという実績を解除したと言うと大げさな気もするが、だけど俺にとってはそれほどのことだ。

「スレイ！　海冷たいよ！　しかもしょっぱい！」

ミーアが手で海水をすくって、不思議そうにぺろぺろと舐《な》めている。さながら小動物、もっと言えば犬のように見えてしまう。

「あんま海の水飲みすぎないほうがいいぞ？　下手すれば死ぬ」

「死ぬの⁉　こわ⁉」

目を丸くして驚いたかと思えば、わなわなと震えながら海から上がろうとする。

「本当にがっつくほど飲まないと死にはしないわよ。スレイも大げさすぎ」

イヴがミーアの手を引いて止め、呆《あき》れた様子で俺のことを見てきた。

「へへっ。少し意地悪しただけじゃないか。なあレイレイ？」

俺が振り返ってレイレイのほうを見ると、何故か彼女はわなわなと震えていた。涙目で俺のことをじっと見てきている。

「……どうした。レイレイ」

「い、いや……わたしも飲んじゃって……このまま死ぬのかなって……」

どうやら彼女も海の水をすくって飲んでいたらしい。

いや、まあ気になるのはわかるけどよ。

てか純粋すぎて困ってしまうな。

まあそんなところが可愛いんだけれども。

「もうスレイ！　レイレイも勘違いしちゃってるじゃん！　どうすんのよ！」

イヴが怒鳴ってくるので、俺は慌てて訂正する。

「ご、ごめん！　レイレイも大丈夫だからな！　死なないからな！」

俺が言うと、レイレイはこくこくと頷いて胸を撫で下ろしている様子だった。

嘘は決して言っていないのだが、とはいえ大げさに言いすぎるのも良くないらしい。からかったつもりだったのだが、レイレイが泣きそうになっているのを見て反省した。

「スレイの意地悪！　これでも喰らえ！」

「わぶっ!?」

突然顔面に水しぶきが飛んできたので、俺は思わず顔を覆う。思いっきり口に海水が入った……しょっぱ……！

慌てて顔を拭って正面を見れば、ミーアが悪い笑みを浮かべてケラケラと笑っていた。

「ぷぷぷ！　スレイってばぶっさいくな顔してたわよ！　あたしもやっちゃお！」

「おまっ！　イヴまで！　クソ……やったな！」

俺は飛んでくる水しぶきに負けじと、こちらも両手で思い切り海水をすくい、持ち上げた勢いのまま一気にミーアとイヴにかけてやった。

二人は驚いた様子で目を丸くするが、すぐににへら、と笑って抵抗してきた。

「も、もう！　わたしも混ざります！　さっきの仕返しです！」

「おう！　レイレイ来いよ！　こっちも全力で抵抗してや――ぶばっ!?」

水しぶきと言うにはあまりにも激しすぎる勢いで飛んできたそれに、俺は耐えきれず水面に体を打ち付ける。

一瞬何が起きたのか理解できなかった。

顔を上げると、レイレイの周囲には海水が球体となって浮かび上がっていた。とどのつまり、魔法を使用してきたというわけである。

なんだろう、殺す気かな？

というか、もうそれは反則だろう。

「お前！　卑怯《ひきょう》だろ！」

「……スレイさんがしてきた意地悪よりかは、全然マシだと思います」

「ああ……もしかして怒ってる？」

「怒ってません」

その言葉に安堵《あんど》するが、しかしレイレイは冷酷に魔法を使ってくる。

「ぶべっ⁉」

レイレイが冷静沈着《れいせいちんちゃく》に、再び海水を放ってきた。

見事顔面にヒットし、俺は体が仰《の》け反《ぞ》った。

少し威力があるせいで、地味に顔面が痛い。

一般人である俺に魔法を使ってくるだなんて、余程俺のことを倒したいらしいな。

ククク……燃えてくるね。

相手は明らかに自分より格上。

だからこそ、圧倒的に不利な俺としては燃える。

絶対に潰したくなってくる。

「いや……いいぜ。そっちがその気なら俺にも考えがある」

俺はにやりと笑い、周囲を見渡す。

ここまでくると、彼女たちは俺と戦う意思があるってことだ。

とどのつまり、戦争なのである。

指をポキポキと鳴らしながら、俺はくつくつと笑った。

「お前ら、水をかけるのは構わないが……あまり俺を舐めないほうがいいぞ？」

威圧的に言うと、三人が首を傾《かし》げる。

どうやら相当舐められてしまっているらしい。

彼女たちにとっては、俺の発言がおかしなもののようだ。

「え～！　もしかして私に勝てると思ってる⁉」

「あたしたちに勝とうだなんて、無茶はよしときなさいよ。体の作りから違うのよ？」

「残念ですが、わたしには魔法もありますしね」

確かにそうだ。

彼女たちに勝とうだなんて、夢を語るにしてはわりと無謀なことである。相手は人間の何倍も力がある魔族だ。

それに、レイレイに関しては魔法が使える。

俺のような一般人には到底敵《かな》う相手ではない。

だがしかし。

彼女たちはあくまで、水のかけあいをする上での話をしている。

それはまあ当然なのだけれど、しかし生憎と俺は常識に囚《とら》われるような男ではない。

チェス盤をひっくり返すんだ。

相手が考えうる想定を覆す勢いが大切なんだ。

まあ頭良さそうに語ったわけだが、俺がすることは単純明快である。

「お前ら、一回横一列に並んでみてくれ」

俺がそう言うと、三人は不思議そうにしながらも移動していく。

もっとも、こういう素直なところが彼女たちの可愛いところだ。

万が一俺なら、全力で嫌がるだろう。

なんたって敵なのだから、相手の指示に従ってしまえばそれはもうおしまいである。

とはいえ、彼女たちが俺の指示に従ったのは素直だからという点だけではなく、絶対的な勝利を確信しているからだろうとは思うが。

「別にいいけど、あんた何しようとしているわけ？　もしかして、三人まとめて倒す算段でもあるの？」

イヴが呆れた様子で言ってくる。

当然の疑問である。

その疑問に対しての答えも決まっている。

「イエスだ！」

俺は地面を蹴り、両腕を広げて彼女たち三人にダイブした。

「ええ!?」

「嘘でしょ!?」

「な、何をするんですか!?」

三人は悲鳴を上げながら、俺の体重に負けて水中に体を沈める。水しぶきと悲鳴が混じり合い、さながら雨のように降り注ぐ。

勢いよく水面に飛び込んだせいで、思い切り水が体内に入ってむせそうになってしまう。

特に鼻から入ってきた水が気持ち悪すぎて吐きそうだ。

だが、それでいい。

今は我慢するべきときだ。

三人は慌てて沈んだ顔を水から出して、目を丸くしながら俺のことを見る。

「飛び込んでくるなんて想定外だよ！　びっくり！」

ミーアは楽しそうにしながら、俺に称賛を送る。

「マジで溺れるかと思ったわ……！　まあ浅いから全然大丈夫だけど！」

「スレイさん体張りすぎですよ……！」

その他二人も驚きを呈している様子だった。

どうやら俺の作戦は成功……と考えてもいいだろう。

俺はむせそうになりながらも、どうにかドヤ顔を浮かべる。

「ふははははは！　これはもう俺の勝ちだな！　勝ちでいいだろ⁉」

子どものような発言ではあるが、彼女たちはそれに笑いながら答える。

「いいよスレイの勝ちで！　スレイの勇気に完敗ってことで！」

「まあ……一本取られたってことでいいわよ別に」

「実際、避けられませんでしたからね。これぱかりは負けです」

彼女たちも納得がいったらしい。無事俺は勝利をもぎ取れたわけだから、自信満々威風堂々《いふうどうどう》と胸を張って、せせら笑う。

「いやー！　やっぱり誰かを負かすのは気持ちが良いな！　気分がすっとするぜ！」

勝利というものは、敗北者がいるからこそ生じる現象である。

勝利の感情というものは、何百年以上前、それこそ人類が誕生したときから、喜びの一つとして存在するのだから気持ち良くないわけがない。

しかし人の敗北姿は見ていてとても清々《すがすが》しいものだ。

この子たちを俺が負かしたって考えるだけで、人間としてのレベルが五段階くらい上がったように思う。

もちろん、下がったの間違いじゃないのかっていうツッコミは受け付けない。

もしも指摘してきた場合には、全力で暴言を吐いてやるからな。

さながら悪役のような表情を浮かべていると、三人が不満そうに頬を膨らませる。

「なんかむかつくわね。やっぱり殺したほうがいいかしら」

イヴが舌打ち混じりに恐ろしいことを言う。

だがしかし、今の俺にとっては負け犬の遠吠《とうぼ》えのようにしか聞こえない。

俺のことを殺したいか～！

いや～負けたやつがむきーってなりながら言うセリフっぽくて素敵だな！

俺、もうその言葉を聞いてゾクゾクしてきちゃった。

「おうおうイヴさんよぉ！　お顔真っ赤にしてどうしたんだい！　そんなに負けたのが悔しかったのかいぃ～！」

俺渾身《こんしん》の煽《あお》りに対して、彼女はさらに舌打ちを決める。

「あんたの勝ちってことになったのは、あたしたちの恩情があったからなのを忘れないほうがいいわよ」

「ああ～そうだなぁ！　恩情ね恩情！　いやーその節はありがとうございますぅ！」

手でごますりをしながら、イヴにすり寄る。

イヴの目はもう真っ赤になっていて、顔面は怒りに染まっていた。

「殺すわ」

殺意のこもった鋭い目線を送ってきたかと思えば、両隣に立っているミーアとレイレイをちらりと見る。

「二人とも、スレイを殺すってことでいいわよね」

その世紀末のような確認に対して、二人は何度も頷く。

「もちろんだよ！　骨すら残さず葬り去ってあげるよ！」

何それ怖い。

ミーアの口からそんな言葉が出てくるだなんて思わなかったよ俺。

「我々を敵に売ったことを後悔させてあげましょう。泣いて懇願しても攻撃はやめません」

レイレイは口調こそ丁寧だが、目がマジだ。

二人から今まで感じたこともないような殺意を向けられているのがわかる。

だが……これでいい。

これくらいの殺意があったほうが海遊びも楽しめるというものだ。

海遊びに殺意が必要かと言われるといらないと思うが。

殺意マシマシの海遊びとか怖すぎるっていう現実もあるが。

「ならばお三方。勝負を付けるのにいい遊び道具があるぜ？」

しかし、こういうこともあろうかと俺は準備をしておいた。

あまり俺を舐めないほうが良い。

こっちは極度の心配性だから、準備は完璧にこなしている。

そう言って、俺は近くに置いてあったリュックからとある物を取り出す。

彼女たちは、それを見て不思議そうに首を傾げた。

「それ何!?」

「旗……かしら？」

「それでいったい、何をするんですか？」

そう、俺が取り出したのは三本の小さな旗である。

おそらく彼女たちはこれで何をするのか察することができていないのだろう。

とはいえ、それは当然である。俺だって突然旗を出されても、いったい何をするのかなんて察することはできない。

「ビーチフラッグスをやろうと思ってな！　ルールも簡単だし、勝負をするのにはちょうどいいスポーツだと思うぞ！」

なんてことを言うと、三人は目を輝かす。

「ルール知らないけど、すっごく面白そうじゃん！」

「いいわね！　スポーツなんて楽しいに決まっているじゃない！」

「すごく気になるので、早くルールを教えてください！」

そう言って、三人は海から上がって俺のそばまで走ってくる。

またしても彼女たちの純粋さに胸を打たれそうになってしまうが、どうにか耐えて説明をすることにした。

俺は旗を地面に横一列に突き刺して、その正面に立つ。

「ルールは簡単だ。お前ら、椅子取りゲームは知っているだろ？」

尋ねると、彼女たちはこくりと頷く。

「あれでしょ！　人数より一つ少ない椅子を取り合うってやつでしょ！」

「そうだミーア。ビーチフラッグスも似たような感じ」

ミーアにサムズアップをした後、俺は足で旗を突《つつ》く。

「旗から二〇メートル離れた場所で背を向けてうつ伏せになり、そして合図と同時に旗に向かって走る。取れなかった奴から退場していくっていう単純明快なスポーツだ」

すごく原始的で、かなりわかりやすいスポーツだ。しかし、単純ながら反射神経や戦略性も求められるかなり奥の深いものである。

どのスポーツにも言えることだが、簡単そうに見えるものでも考えれば考えるほど難しい戦略が必要になったりする。

このビーチフラッグスにおいても同様であり、俺が昔読んだ本にも難解な戦略が数多く書かれていた。

もちろん、素人の俺たちには高度な戦略なんて立てられないだろうが、素人同士の戦いも楽しいものだ。

なんなら、あくまで持論だが何も知らないスポーツをよくわからないままワイワイ楽しむほうが、下手に知識があるより楽しいと思っている。

「開始の合図は俺がする。もちろん変なことはしないから安心してほしい」

やるからにはスポーツマンシップに則《のっと》ってプレイするつもりだ。

卑怯な手を使ってもいいが……まあそれはさすがに使わない。

万が一彼女たちを怒らせてしまったら大変だからな。

ここは安全に、平等に行くのが正しいだろう。

俺は旗から大体目視で二〇メートルほどくらいの場所に移動し、適当に線を引く。

「殺したいんだろ俺を？　やってみろよ！」

なんて煽ってみせると、彼女たちは何度も頷いて砂浜に引いた線の上に並ぶ。

「絶対ぶっ倒すからね！」

「覚悟しなさい！」

「遠慮はしませんよ！」

三人とも気合いは十分と言ったところである。

そのほうが試合も盛り上がるから嬉しい。

俺も気合いを入れなければならないな。

なんて思いながら、俺はぐっと背筋を伸ばして深呼吸をする。

……よし。

「それじゃあ旗に背を向けてうつ伏せになってくれ」

言うと、彼女たちは頷いてうつ伏せになる。

俺も倣ってうつ伏せになり、ふうと息をついた。

深呼吸……集中……。

「よし、準備はいいな！　行くぞ！」

俺は大きく息を吸い込み、思い切り叫ぶ。

「よーい！　スタート！」

同時に地面を突き、その勢いのまま立ち上がる。

目標は二〇メートル先のフラッグ。並びとしてはミーア、イヴ、レイレイ、俺といった感じで、俺が右端に位置している。

旗は三本。

横一列に並んでいる。

位置的に考えると、ここは無難に右端の旗を狙うのがベストだろう。

だがしかし。

俺としてはやはり場を乱していきたい所存である。

当たり前の行動をあえてせず、相手を困惑させて貶《おとし》めて、そして勝利するのは最高に気分がいいだろう。

だからあえて――左端の旗を狙う。

旗まで残り五メートル。

俺はすかさず左端を狙って体を動かした。

「ええ!?　スレイさん!?」

「何よ突然!?」

「嘘ぉ!?」

三人が驚愕《きようがく》を呈する。

それも当然だ、突然自分の前に俺が割って入ってきたのだから。

俺はくつくつと笑いながらミーアの前まで移動する。

もちろん運動神経としては彼女たちのほうが凄《すさ》まじいが、俺の想定外の行動に彼女たちは対応できていない様子であった。

「もらったぜ！」

俺は走る勢いのままダイブし、一番左端の旗を掴《つか》み取《と》る。体全体で砂浜を転がり、俺は旗を掲げて彼女たちを見た。

三人ははと言うと、ミーアとレイレイは旗を手に入れることができたらしい。砂まみれになった体を払いながらも、二人は嬉しそうに笑う。

「かなり危なかったけど、ギリギリゲット！」

「わ、わたしは意外と余裕がありました！」

相対して、イヴは顔面砂まみれの状態で悔しそうに地団駄を踏む。

「スレイ！　どうして急に間に入ってくるのよ！　そのせいでミーアがこっちに突っ込んでくるわ、レイレイのほうに行こうにも既に取られているわで八方塞がりだったのよ！」

泣きそうになりながら文句をたれるイヴに、俺は勝ち誇った表情を浮かべる。

「弱い犬ほどよく吠えると言うが、お前は顔面も体も砂まみれで惨めだなぁイヴ！」

「むむむむかつく!!　絶対ぶっ殺す!!　こっち来なさいよスレイ!!」

イヴの目が真っ赤に光り輝く。

同時に、俺の体の動きが鈍くなった。

こ、これは……そうだった……確かイヴってこんな能力があったっけ……！

「そっち……行けないから……！　と、とりあえず……これやめてくんない……!?」

「わかったわ！　それなら私のほうから行かせてもらう！」

そう言って、イヴが何かぶつぶつと言いながら近づいてくる。

「どうやって殺そうかしら。爪で切り裂く？　血液を飲み干す？　それとも眷属《けんぞく》にしてやろうかしら？」

どの選択肢を取っても、俺の死は確定しているようなものだ。

「怖い怖い！　ガチやめて！　ごめん！　だからガチで勘弁して！」

もう狂気の沙汰である。

スプラッターそのものである。

このままでは殺されてしまうので、動けない体に苦しみながら必死で平謝りした。

「まあまあイヴ！　私たちがスレイをボコるから安心して！」

「そうですよイヴさん！　わたしたちを信用して、ここは許してあげましょうよ！」

ああ……なんて優しいんだミーアとレイレイは。

さすがは俺が愛情をとことん込めて育てた子たちだ。やはり子は親の性格に似ると言うが、本当にその通りだなとつくづく思う。

「ビーチフラッグスで私たちが勝った後、屈辱にまみれた状態で一緒に殺そうよ！」

「そうですよ！　絶対そっちのほうが楽しいです！」

前言撤回。

誰だよこいつら育てた奴。親の顔が見てみたいわ。

おそらく心底すれた人間なのだろう。

そう、スレイだけにね！　ははは！　笑えねえ。

「それはそうね。よし、スレイ。せいぜい負けないように頑張りなさい」

めちゃくちゃ不敵な笑みを浮かべているイヴに対して、俺は満面の笑みで答える。

「あまり勝ち誇らないほうがいいぜ？　負けたときに惨めになるからよ？」

しかし俺は煽るのをやめない。

何故なら、人を負かした時が一番気持ちが良いからだ。

俺はそう言って、イヴの縛り攻撃から解放されたのでみんなから旗を回収した後、砂浜に二本だけを突き刺す。

「二回戦目と行こうじゃないか！　旗は二本に減らすからな！」

突き刺した後、俺たちはスタート線のほうに移動する。

もう一度うつ伏せになって、気持ちを切り替えることにした。

並びとしては、左からミーア、レイレイ、俺である。

何やらミーアとレイレイが耳打ちをして何か作戦を立てているようだが、生憎と俺には効かない。

もちろんこちらに対策なんてものはないが、しかし絶対に効かないという自信があるだけで十分だろう。

「合図はイヴがしてくれ！　ズルすんなよ！」

「当たり前じゃない！　勝負をするからにはフェアで行くわよ！」

イヴは肩を竦《すく》めた後、真っ直ぐにこちらを見据える。

「それじゃあ——スタート！」

合図と同時に、俺たちは旗のほうへと走る。

ミーアやレイレイもルールを理解したのか、一回戦目よりも動きが速い。

けれど、俺も負けてはいない。それこそアリビア男爵領に来る以前は運動神経なんて知れていたが、こっちに来てからはずっと彼女たちに振り回されて生きてきたのだ。走る速さや運動能力も格段に上がっている。

「並んだぜ……！」

必死で走り、ミーアとレイレイと並走する形になった。何度か砂に足を取られそうになるが、気合いで乗り越える。

我ながら魔族である彼女たちに並ぶことができた自分の身体能力に驚いてしまう。

人間というものは進化し続ける生物だと認識しているが、これに関しては俺が進化しすぎているような気もする。

俺も遂《つい》に人間を超えてしまったか……まあ現実としては、足場が不安定なこともあるからたまただろうけれど。

「お前たちがどんなに天才的な作戦を考えようが、泥臭くて姑息《こそく》な手を平気で使う俺に敵うわけがないんだよ——っ⁉」

しかし、俺は驚愕することになる。

自分でも想定外のことをするよう心がけていたわけだけれど、いざそれを目下にしてしまうと、たとえ俺でも動けなくなることを理解した。

何度も言っているが、このスポーツは旗を誰よりも早く手に入れるのが目標である。だから、常識としては真っ直ぐただひたすらに旗を目指すのが当たり前なのだ。

なのに——。

「え、えいっ！」

レイレイが俺に体ごと飛び込んできたのだ。もちろん魔族である彼女に力でなんて勝てるわけもなく、彼女に押し倒される形になる。

砂が口の中に入り、若干えずいてしまう。冷静になろうと状況を整理するよう脳が動こうとするが、それを遮る形でレイレイが邪魔をしてきた。

「えいっ！　え、えいっ！」

「お前⁉　何してんだよ⁉」

レイレイが明らかに狙って、俺に胸を当ててきている。

確実にわざとだ。おそらく動揺を誘おうとしているんだろう。わかっている。脳ではそれを理解している。

「お前……！　おい……！」

しかし俺の脳内は絶賛パニック状態になっていた。

なんたって、砂浜に倒れた俺にレイレイが上から乗る形でそんなことをしているのだ。避けることも動くこともできずに、ただされるがままである。

これが……ミーアとレイレイの作戦……！

「へへん！　旗ゲット！」

どうにか旗のほうを見てみると、ミーアが嬉しそうに旗を握っていた。

残りの旗はあと一つ。

「うわ～……ミーア。あれレイレイにやらせるの……かなり鬼畜ね……」

「え？　イヴがしたかった？」

「しないわよ！　……でも、なんかムカつく」

二人の声が聞こえる。

クソ……完全に勝ち誇っているな……。

俺も舐められたものだぜ……。

「レイレイ！　もう十分だから思い切り走って！」

「わ、わかりました！」

ミーアの合図と同時に、レイレイが立ち上がって一気に走って行く。俺は仰向《あおむ》けになってしまっているわけで、起き上がるのに時間がかかってしまった。

レイレイとは距離ができている。

この差を埋めるのは正直絶望的だ。

完全に負けたと言っても過言ではない。

そう、常人ならな。

「レイレイ！　さっきのお礼をしてやらないとな！」

俺はそう言って、首にぶら下げていたゴーグルを手に取る。ベルト部分を握り、レイレイの足下を狙って構えた。

照準は完璧。

あとは集中して、絶対にミスをすることなく。

「足下気をつけろよ！」

――投げた。

これはいわば賭けだ。勝算はもちろんあったが、しかしそれは自分のテクニックを信じるという祈りに近いものだった。

けれど、俺は賭けにどうやら勝ったらしい。

「きゃっ⁉」

踏み込んだレイレイの足に、見事ゴーグルのベルトが絡まった。突然そんなことが起こったのだから、彼女は対応することができずにその場によろけて倒れる。

その隙に俺は全力で走り、砂浜に突き刺さっている旗を入手した。

「ななな⁉　嘘でしょ⁉」

「ここまで来ると……もう醜いわね……」

ミーアは驚き、イヴは呆れ気味である。

とはいえ、彼女たちがどう言おうが勝ちには変わりない。

あれほど俺に対して勝ちを確信していた奴らを負かしたのだ。

気分がよくないわけがない。

思わず鼻歌が漏れてしまいそうになりながら、彼女たちを見据える。

「ふはははは！　甘いなミーア！　レイレイ！　このスレイをそんなお色気作戦で負かそうだなんて数千年早いわ！」

確かにお色気作戦は見事だった。

あれはかなり効いた。しかし、生憎と俺はひねくれているからお色気ごときで屈するわけがないのだ。

あの程度の刺激で負けを喫するような男じゃないんだよ！

「ここまでしたのに……負けですかぁ……」

レイレイが肩を落として悲しそうにしている。

励ましてやりたいところだが、なんかそれはそれでセクハラ感があるからしない。いや、もう今さらセクハラとか気にする必要もないような気がするけどね。

だって俺がされたんだから。

これで文句言われたら泣いてしまう。

あまりにも不平等すぎて膝から崩れ落ちてしまう。

「さて……ミーア。後はお前だけだな？」

俺が勝ち誇った様子で尋ねると、ミーアは苦しそうに笑う。

「へへへ……やるねスレイ……！」

お互い睨《ね》めつけあい、威圧していく。

まさかここまでビーチフラッグスが白熱するとは思わなかったが、熱くなれる展開になるのは盛り上がっているということなのだから素晴らしいことだ。

「最終決戦と行こうじゃないか！　潰してやるよ、ミーア！」

「どんと来いだよ！　私に勝てるかなぁ！」

お互い睨みながら、スタートラインの上に立つ。

「イヴ！　レイレイ！　ちゃんと見とけよ！　俺が絶対に勝つからな！」

俺は二人を指さしながら叫ぶ。

「はいはい……自信があるのはいいことね。それじゃあ今度はレイレイが合図してあげて」

「わかりました！　任せてください！」

そう言って、レイレイが右手を掲げる。

緊張の瞬間だ。

これで決着がつく。

絶対に負けるわけにはいかないんだ。

俺たちはうつ伏せになって構える。

「よーい――スタート！」

レイレイが右手を振り下ろすと同時に、俺たちは立ち上がって走り出した。初速は十分。ミーアもかなり砂浜に慣れてきていることもあって、さすがに彼女のほうが速い。

けれど俺だって負けていない。二〇メートルという短距離だと人間と獣人でもそこまで差はないように見える。

「限界を……超える……！」

歯を噛みしめ、前を真っ直ぐ向いて死ぬ気で走る。この試合はあくまで遊びではあるが、俺は決して手を緩めない。

死ぬ気で、全力で挑む。

ミーアとも距離が縮まってきた。

旗までおよそ五メートル。

この走る勢いのまま旗に飛び込めば、全然勝機はあるはずだ。

「あと少し――」

旗に手を伸ばし、飛び込もうとした瞬間のことだった。

ミーアが砂浜を踏みしめたかと思うと、右足で思い切り砂を後ろへとえぐった。その勢いで飛んできた砂が、俺の顔面へと一気に降り注いだ。

どうにか薄目で動こうとするが、ミーアとはもうどうしようもないほどの距離が空いてしまっていた。

見事砂粒たちは俺の目に入り、あまりの痛みに砂浜を転がった。

「ぐあっ……！　目が……目が……！」

目が痛い……涙が止まらない。

マジか……これ、一本取られたかもな……。

「クソ……こんな原始的なトラップに……！」

お色気だったり、砂粒だったり、どれも初歩的な攻撃である。

だがしかし、俺はこの初歩的な攻撃に大敗を喫することになっていた。

「取った！」

ミーアの声が聞こえる。

どうにか目を開けて声がしたほうを見てみれば、彼女は旗を掲げていた。

とどのつまり、俺の負けである。

「やるじゃないミーア！　仇《かたき》を討ってくれたわね！」

「すごいです！　どうですかスレイさん！　負けた気分は！」

三人がわいわいと騒ぎながら、俺へと迫ってくる。

「負けだよ！」

「敗北ね！」

「あなたの負けです！」

……ふはは。どうやら俺の負けらしい。

こればかりはもう認めるしかないだろう。

「ああ……負けだよ。良い試合だった」

そう言って、俺は両腕を広げる。

「さぁ……殺せよ俺を。お前たちにはその権利がある」

実際、俺は負けたんだ。

あれだけ煽っておいて、完全に敗北したのである。

ここまで来たらもう、ミーアに八つ裂きにされようが、イヴに血液全部抜かれようが、レイレイに魔法で跡形もなく消されようが文句は言えない。

男に二言はない。

潔く死んでみせよう。

「へ～そうだねぇ～！　どうするみんな～？」

ミーアが嬉しそうに耳をピコピコ動かしながら、他の二人に視線を送る。

「ふん。もちろんやることは決まっているわよ、ねえ？」

「そうですね！　もうスレイさんには覚悟してもらわないと！」

イヴとレイレイもニヤニヤしながら、俺のほうへと迫ってきた。

ああ……俺は死ぬのか。

来世は金持ちなお姉さんのヒモになりたいな。

叶うかな、俺の夢。

いや、きっと叶うさ。

男の夢は、どんなことがあっても止められないんだから。

俺は目を瞑《つぶ》り、死ぬ覚悟を決める。

「どんっ！」

「よいしょっと」

「えい！」

なんて三人のかけ声が聞こえてきたかと思えば、俺の体は思い切り押し倒される。

「ぐはっ……!?」

おそらく誰かの腕が俺の顎に当たったのだろう。あまりの衝撃に血を吐きそうになりながら、砂浜に倒れる。

あまりの顎の痛さに、俺は吐きそうになりながら呻《うめ》く。

目を開いてみれば、彼女たちも地面に倒れて楽しそうに笑っていた。

「ははは！　やっぱ海は楽しいねスレイ！」

「海、想像以上に最高だわ！」

「わ、わたしもです！」

そう言って笑う三人。

俺も彼女たちの様子を見て、釣られて笑顔を作る。

顎は死ぬほど痛いが、今はどうってことない。

彼女たちの笑顔を見られただけで、俺の体は全回復していた。

「ああ。楽しんでくれているなら、俺も嬉しいよ」

とても充実しているのは確かだった。

海に来て、本当に良かったと思っている。

「海に行こうって言ったミーアには感謝しないとな」

「えっへん！　頭《こうべ》を垂れよ！」

「頭は垂れんがな」

ミーアの頭を適当に撫でてやると、彼女は嬉しそうにする。

イヴやレイレイも満足そうにしている。

これまで、夏という季節は暑いから好きじゃなかったんだけど、今は少しだけ好きになれた気がした。

茹だるような暑い季節も案外悪くないのかもしれない。

「……って待って。なんか空めっちゃ曇ってない？」

「本当ですね……しかも……雨降ってきてませんかこれ？」

イヴとレイレイが怪訝《けげん》な表情をしながら、空を指さす。

「うわ、マジだ。遊びに夢中で全く気がつかなかった」

ポツポツと雨が降り出してきている。

肩に当たる雨粒を確認した後、俺は慌てて立ち上がった。

「待て待て……なんか雨強くなってきてないか⁉」

「風も少し強いよ！　これヤバいかも！」

ミーアも慌てて、手のひらを頭の上に置いた。

さっきまで小雨程度だったのに、急に雨の勢いが強まってきた。風も強い。これはすぐに移動しないと不味《まず》いな。

「ただ、ここから町まで距離があるんだよな……どっか雨風しのげるところないか……？」

俺が悩んでいると、イヴが肩を突いてくる。

見てみれば、目が赤く輝いていた。

「大丈夫。あそこに洞窟があるっぽい。そこに一度避難するわよ」

どうやらイヴの能力で洞窟を見つけてくれたようだ。彼女が指さしている方向、崖のふもとには確かに洞窟があってもおかしくはない。

さすがは俺の家族だ。

こういうときでも、すぐに解決策を出せるのだから優秀である。

まあそんなことを考えている暇なんてなさそうだが。

俺は慌ててイヴが指さした方向に走り出した。

「よし、それじゃあ一度避難するぞ！　急げ！」

◆◆◆

「スコールだな、これ」

俺たちはどうにか雨風をしのげる洞窟に避難してきた。けれど、かなり雨が強くて頑張って帰るなんて到底無理な状況だ。

「止《や》むまで待つしかないわね。これぱかりは仕方がないわ」

中から外の様子を眺めていた俺とイヴは、顔を見合せると互いに大きなため息をついた。

天気に関しては予想するのが難しいから、ここは潔く受け入れるしかない。

特にスコールなら尚更《なおさら》だ。

イヴと二人で外の様子を確認した後、大きく息を吐いて踵《きびす》を返す。

雨風が当たらない洞窟の奥に行ってみると、ミーアが全力の火起こしをしていた。

「うおおお！　もうすぐ火がつくよ！」

というのも、雨で体が冷えてしまったためミーアに火起こしを頼んでいたんだ。洞窟の中には乾いた木もあったから、どうにか焚《た》き火《び》ができそうだったのだ。

相変わらずミーア渾身の火起こしはすごい。

普通、火起こしをする場合は専用の道具が必要なのだが、ミーアに関して言えば己の筋力だけで気合いの火起こしをしてしまっている。

「雨、まだすごいですか？」

レイレイの質問に、俺は頷く。

「ああ。多少マシになるまで、ちょっと待っていたほうがいいな」

俺とイヴが戻ると同時に、ミーアが頑張って起こそうとしていた火がつく。ミーアは慌てて小枝を添えたりして、どうにか焚き火を作っていた。

焚き火を囲う形で、俺は座る。

「なってしまったものは仕方ない。とりあえず、これでも食って気分上げようぜ？」

リュックから菓子パンを取り出して彼女たちに渡す。

「うわ！　甘いやつじゃん！　私好きなんだよねこれ！」

ミーアが耳をピコピコ動かしながら、嬉しそうにパンを手に取る。

ミーアの言うとおり、このパンは砂糖をまぶしたかなり甘いものである。一応どっかでつまみ食いできるように、ボタンから貰っていたのだ。

「準備いいわね！　あたしも貰う！」

「わ、わたしも！」

イヴとレイレイも受け取り、美味しそうにパンにかじりついた。

俺も俺でパンをかじり、甘い味を楽しむ。

やはり体を動かした後はカロリーが沁《し》みるな。

パンを食べながら、各々持ってきていた水筒をこくこくと飲む。

くう〜お茶美味いな。

「まあ、こういうのもいいかもなたまには」

キャンプではないけど、焚き火を囲いながら食事をするのはそれに近い楽しさがある。

洞窟の中でなんて、なかなか雰囲気もあるしな。

「でも……雨もなかなか止みそうにないしどうするの？　何か暇つぶしになりそうな遊び道具あったっけ？」

イヴが小首を傾げて聞いてくる。

「遊び道具か……」

と言っても、あまり荷物を持つのも嫌だったから多くは持ってきていないんだよな。

完璧な準備をしているつもりではあるが、これに関しては想定外な部分も大きい。

リュックの中には、旗以外には……ビーチボールくらいかな。

ビーチボールを取り出して見せると、イヴが嘆息しながら首を振る。

「この狭い洞窟の中じゃ、ボール遊びはできないわね。それに万が一外に飛んで行っちゃったら地獄を味わうことになるわよ」

それはそうである。

この狭い洞窟の中でボールを投げて遊ぶのは無理がある。下手すれば怪我《けが》をしてしまうことだってあるだろう。

イヴが言っているように、万が一外に飛んでいったら……終わりである。

おそらくは口論に発展し、地獄の誰が取りに行くかじゃんけんが始まるだろう。

「ああ……旗揚げゲームでもする？」

苦肉の策である。

「多分、すぐ飽きるわよ」

「それはそう」

苦肉の策に正論が返ってきたので、旗揚げゲームはなかったことにした。

洞窟の中というのは、時間を潰すにはあまりにも向いていなかった。だって何もないんだから仕方がない。

それに、狭いのも問題だ。

洞窟の中を室内だと仮定したとしても、範囲が狭い上に万が一の事故が起こった場合のことを考慮すると到底激しい遊びはできない。

「わたしは皆さんと一緒にいられるだけで楽しいですよ！」

レイレイ……お前って奴は……！

あまりの天使っぷりに俺は言葉を失ってしまった。

こんなにも可愛い子が存在していいのだろうか。

彼女の発言に泣きそうになっていると、ミーアが何か思いついたかのように肩を叩いてくる。

「ねえねえ！　洞窟の奥を探検してみない？　ほら、火もちょうどあるし探検してもいいんじゃないかな！」

俺は洞窟の奥を見て、ふむと頷く。

確かにこの洞窟は意外と奥が深そうである。暇つぶしで探検するには意外とちょうどいいのかもしれない。

「いいんじゃない？　あたしは賛成」

「わたしもです！　探検なんてしたことありませんから！」

イヴやレイレイも賛成らしい。

ならば俺も断る理由はないな。

「わかった。それじゃあ洞窟探検でもするか！」

俺は腰を上げ、ぐっと伸びをする。

洞窟探検だなんて、さながら小説なんかに出てきそうな展開でテンションが上がってしまう。

もちろん探検には危険が付きものではある。

けれど問題にはならないだろう。

こんな町の近くの洞窟なんだ。

何か危険なことでもあれば、すぐに封鎖されていることだろう。

「ミーア、松明《たいまつ》になりそうな木はあるのか？」

尋ねると、彼女は自信満々に胸を張ってから近くからいい感じの木の棒を持ってきた。

「もちろん見つけてるよ！　これ、いい感じじゃないかな！」

木の棒を手渡されたので、俺は色々と確認してみる。

「木も乾いているし、長さも十分だな。これなら松明にもなりそうだ」

後は先端に布を巻いて油は……そうだな。

一応缶詰も持ってきていたから、その油を使うか。俺は魚の缶詰を開封して、中身をミーアに食べさせる。

そして、布は……タオルを持ってきていたからそれを巻く。油を布に染みさせ、焚き火に先端を突っ込む。

「よし、点火完了！」

見事焚き火が灯《とも》ったので、俺は洞窟の奥を見据える。

かなり暗いせいで、奥は何も見えない。

しかしそっちのほうが燃えるというものである。

「探検開始だな！」

「おう！」

「楽しみだわ！」

「頑張りましょう！」

俺が拳を突き上げると、彼女たちも倣って拳を掲げる。

元気よくかけ声を発したところで、洞窟の中を進み始めた。

やはり、この洞窟は意外と奥が長いようだ。

松明を使っても、最果ては見えない。

「先は長そうね」

イヴが腕を組んで、ぼそりと呟く。

「そうだな。でもさ、奥には何があるんだろうな！　なんかワクワクしないか？」

「そうですね！　宝物なんてあるんじゃないですか！」

「もしも宝物なんてあったら一攫千金《いっかくせんきん》だな！」

俺とレイレイの夢みたいな話に、イヴは苦笑する。

「さすがにないわよ。洞窟なんて、先人が奥まで確認しているわよ」

やれやれ。

「夢がないなぁイヴは！　もっと少女らしくしたらどうだ？」

「そんな歳《とし》じゃないわよ……別に」

「へぇ～」

なんてイヴは言っているが、俺たちは気がついている。

なんたってイヴの目が若干赤く光っているのだから。おそらく内心はドキドキワクワクしているのだろう。

そんなイヴを俺たちは微笑《ほほえ》ましく眺めていた。

「でも楽しみだね！　この深さなら魔物もいそう！」

「……待てミーア。冗談だよな？」

ミーアの発言に、汗が滲《にじ》んだ。

今魔物って言ったよな？

え、もしかして洞窟の中って魔物がいるの？

そんなバカな。いやいや、ないだろそりゃ。

確かに危険があるかもとは思ったが、あくまでそれは高低差があったりだとかトゲトゲした岩があるだとかその程度の妄想である。

「いると思うよ？　多分、ゴブリンとかコウモリ系の魔物がいるんじゃないかなぁ？」

「……帰るか。やっぱ旗揚げゲームでもしようぜ」

踵を返し、俺は焚き火をしていた場所に戻ろうとする。だが、イヴがニヤニヤしながら俺の肩を叩いてきた。

なんだこいつ……めちゃくちゃ意地悪そうな表情を浮かべている。

「もしかして怖いのぉ？　スレイったら可愛い～！」

一回ぶん殴ってやろうかな。

あまり俺を舐めないほうがいい。

こう見えて男女平等にパンチを食らわすことができる男だ。まあ……イヴにパンチをしようものなら、すぐに反撃されてそのまま死ぬだろうがな。

でも……馬鹿にされるのはなんかムカつくな。

「まあね～無理をさせるのも可哀想《かわいそう》だしね～！　ここはあたしたち三人で行きましょうか～！」

そう言って、イヴがミーアとレイレイの背中を押して洞窟の奥へ行こうとする。

なんだこの敗北感は。

すごく惨めになってきた。

「……やってやろうじゃねえか！　松明係は任せておけ！　後方でお前たちを照らしてやるよ！」

俺は彼女たちの背中を追いかけて、松明を振りかざす。

それを見てミーアとレイレイは嬉しそうにするが、しかしイヴは苦笑した。

「戦わないのね……」

「当たり前だろ！　死にたくはない！」

戦闘能力なんて俺は持ち合わせていないのだ。

できることと言えば本当に松明で周囲を照らすことくらいである。あ、もちろん戦闘以外にもっとも重要なものは持ち合わせているぞ。

そう、『勇気』だ。

彼女たちの背後でビクビクとしながらも、気合いで照らし続けるという勇気を持っている。

もちろん、万が一のことがあっても逃げ出したりはしない。

彼女たちが戦っている後ろで照明係を担当し続ける。

え？

恥ずかしくないのかって？

その通りだよ。

やっていることは恥でしかないよ。

だがな、俺は一般人なんだ。

冒険者でもないのだから、魔物と戦う知識なんて持ち合わせているわけがないだろう。

恥なんて気にしている余裕はない。

「でも魔物かぁ……しばらく見てないから怖いな……」

俺は半ば震えながらそんなことを言う。

だって、俺が最後にこの目で見た魔物は……ゴブリンくらいなんだよな。それ以外はもう気がついたら彼女たちが倒していて、死体すらも拝んでいない。

どうしよう。

これで目が合ったら死にますみたいな即死能力を持った魔物が出てきたら。

間違いなく俺は死ぬし彼女たちも死ぬ。

あ、そんなこと考えていたら怖くなってきた。

足の震えが止まらない。

ちびりそうだぜ。

「大丈夫だよ！　私たちが全部倒すからね！」

ミーアが元気よくそんなことを言う。

実際、彼女たちがいれば確実に問題は起こらないだろう。

なんたって、ミーアたちは魔族の中でも一際強い希少種族なのだ。俺のような人間よりも何倍も、何十倍も強い。

下手すれば数百倍くらいもあるかもしれない。

「スレイは松明だけ照らしてればいいのよ。あたしたちに全部任せときなさい」

「そうです！　全部ひねり潰してあげますよ！」

「頼もしいなほんと」

相対して、俺は男としてどうなのかなといったところである。

もちろん彼女たちみたいな可愛い女の子たちに格好良いところを見せたい気持ちもある。

けれど、残念なことに俺は戦闘経験なんてまともにない普通の一般人なのだ。冒険者とかなら多少はマシなのだろうが、俺は生憎にもそんなスキルなんて持ち合わせていない。

まさにおんぶに抱っこである。

たまに見かけるオンブバッタそのものだろう。

俺は女の子たちに守られて生活しているメンズなのだ。

まあ一部の人たちは羨ましいなんて思うかもしれない。そういう人たちには、俺は胸を張って自慢をするがね。

俺は女の子に守られて生きていますと。

いや、冷静に考えて恥しかないな。

もしも自分の保護者がそんなことを言い出したら距離を置くだろう。

しかしまあ、彼女たちなら「そんなところも可愛いよね」と言ってくれそうな気がするが。

まさにヒモそのものである。

「……ん」

「どうしたイヴ？　なんか見えた？」

イヴの目が洞窟の奥を見据えて、赤く輝いている。彼女の目は色々と見通すことができるから、何かが見えたのかもしれない。

「少し先に魔物がいるわね。うーん……でも」

え、魔物いるの？

怖くなってきた。

即死魔法とか使ってこないよな。

こんな町の近くの洞窟で即死魔法を使ってくる輩《やから》が出てきたら大問題ではあるが。

しかし、イヴの様子が少しおかしい。

「なんだ？　なんか変なのか？」

「ええ。魔物ではあるんだけど、初めての感覚なのよ」

とどのつまり、イヴが感じたことがないタイプの魔物がいるということになる。おそらくはゴブリンやコウモリ系の魔物ではないのだろう。

ダメだ。

怖い。

やっぱり即死魔法を使ってくる魔物がいるんじゃないのか？

終わった。

逃げたくなってきた。だが逃げることはできない。

俺は彼女たちの照明係なのだ。

決して戦うわけではないが、俺が生命線なのは間違いない。

「大丈夫だよ！　魔物なんて倒せばみんな一緒！」

「ミーア……お前はなぁ……」

確かに魔物なんて、倒せばみんな仲良く死体になる。

ただそれは魔物だけじゃなくて全てに言える。

たとえば魔王だって倒してしまえばただの死体だ。

「まあまあ！　頑張って倒しましょうよ！」

「レイレイも……まあいっか。お前たちならどうにかなるような気がするよ」

彼女たちは間違いなく強い。それこそ、魔王だとかが相手だとどうなるかはわからないが、そこら辺の魔物には絶対に負けない。

「待って……他にも何かあるわ」

先に進もうとしている俺たちを、イヴが制す。

何やらじっと奥を見据えて唸《うな》っている様子だ。

「なんだろう……箱……かしら。魔物がそれを守っているように見えるわ」

箱を守っている、か。

魔物がそれを守っているということは、何かしら貴重なものがあるのかもしれないな。

しかもその魔物もイヴが見たこともないタイプのもの。

本当に何かありそうな気配がぷんぷんする。

「もしかして……宝箱なんじゃないでしょうか……！　そんな気がしませんかミーアさん！」

レイレイがぱっと目を輝かせると、ミーアも嬉しそうに何度も頷く。

「絶対そうだよ！　絶対宝箱！　むふふ……この洞窟には宝物があるってことだね！」

「なんかめっちゃテンション上がるなそれ！　一攫千金、本当に狙えるんじゃないのか⁉」

もしも本当に貴重なものならば、ワンチャン一気にお金持ちになるだなんてこともできるかもしれない。

それなら気合いで探索せねばならない。

俺としても全力で照明係を全うするほかない。

「本当に宝物があるかもしれないわね……あたしもドキドキしてきた」

あれほど宝物なんてあるわけがないと言っていたイヴが言っているのだ。本当に何かがあるかもしれない。

「よーし！　俺は少し下がった場所で照らしているから、お前たち頼んだぞ！」

もちろん俺は戦わない。何故なら死にたくないからだ。

何度でも言おう。

俺は照明係なのである。

しかし生命線には変わりないので、俺は偉いのだ。

「任せといて！　ばっちし倒すよ！」

「よく見ておきなさい！　殲滅《せんめつ》してやるわ！」

「頑張りますよー！」

三人も気合い十分である。

俺たちはイヴを先頭にどんどん進んでいく。

薄暗い通路を歩いていると、イヴが立ち止まった。そして、ミーアやレイレイに視線を送ると同時に戦闘態勢に入る。

「なにあれ⁉　骨が歩いてる⁉」

ミーアが驚愕を呈しながら、奥を指さす。俺が松明を駆使して先を照らしてみると、確かにそこには人型の骨の形をした魔物の姿があった。

初めて見た魔物だ。

なんだか見ているだけで気持ちが悪くなるような形をしている。

「……おそらくはアンデッドね。もっと正確に言うならばスケルトンって魔物だと思うわ」

そう言って、イヴは複数体いるスケルトンを睨む。

「話には聞いたことがあるけれど、初めて見たわ。だから変な感覚があったのね」

アンデッド……というと、いわば動く死体と言ったところだろうか。

俺も本ではあるが、見たことがある。基本的にアンデッドは出会おうとして出会えるわけではない、若干レアな魔物である。

「スケルトンですか……なんだか気味が悪いですね……」

実際気味が悪い。

なんたって骨が動いているのだ。

それこそ奇怪な光景であるわけで、見ているだけでゾクゾクする。これを見ていたら、ゴブリンだとかが可愛く思えてくるな。

とにかく今はこいつらを倒すことだけを考えよう。

「みんな！　頼んだぞ！」

俺の声援にミーアたちが頷き、一気に地面を蹴ってスケルトンへと接近する。

相手の手には剣や弓が握られていることから、武器で攻撃してくるタイプの魔物なのだろう。

おそらく魔法は使ってこないと見た。

それなら都合が良い。

俺が危惧していた即死系の魔法を使ってくることもないだろう。

それならば安心して戦闘することができる。

「がぶっ！」

ミーアが一体のスケルトンに近づき、右腕を狙って噛みつく。骨に噛みつく姿はさながら犬のようではあるが、しかし犬よりも恐ろしいのがその力だ。

噛みついた腕がミシミシと音を立てたかと思えば、無残にも砕け散る。

同時にスケルトンは剣を落としてしまい、慌てて空いている左手で対応しようとするがもう遅い。

ミーア渾身の右膝蹴りが顔面に直撃し、頭蓋骨ごと粉砕されてしまった。

それを見た他のスケルトンがミーアを狙おうとするが、残念ながら俺の仲間にそう簡単に攻撃は当てさせない。

「こっちよ！」

「よそ見は厳禁ですよ！」

イヴとレイレイが残ったスケルトンに接近。

吸血鬼であるイヴは自慢の爪で相手の骨を切り刻んでいく。骨を切り刻むだなんてあまり想像できないが、実際に彼女がやっているのだから驚きである。

さらにレイレイが手を掲げると、周囲のスケルトンたちが動けなくなる。そして、彼女が手を振り下ろした瞬間にスケルトンは地面に突っ伏し、そのまま砕け散った。

一瞬の出来事であった。その刹那のような時間で、彼女たちは未知の存在であったスケルトンを殲滅したのだ。

「さすがだぜみんな！　ナイス戦闘だったぞ！」

全てを終えた彼女たちのほうに走って、俺はサムズアップをした。

「へへん！　当然だよ！　あ、褒めてもいいよ！」

ミーアが俺の元に駆け寄ってきたので、頭を撫でてやる。すると、幸せそうにしながら肩を揺らしていた。

「……ねえ」

「もちろんわかってるぞイヴ！」

じとっとした目で見てきたイヴに手招きをして、頭を撫でてあげる。相変わらずむすっとしているが、目が赤く輝いているのでまんざらでもない様子だ。

ツンデレ娘の扱いにも慣れたものだ。

「レイレイもな？」

「し、失礼いたします！」

遠くでもじもじとしながら眺めていたレイレイもちゃんと撫でてやる。全く、この子たちは相変わらず甘えたなんだからな。

はぁ……可愛いがすぎるぜ。

しばらくよしよししていると、イヴが俺の手をひらりと避《よ》ける。どうやらツンデレのデレタイムは終わったらしい。

もちろん俺としては可愛いと思っているので怒るなんてことはしない。

これで怒るような人間は、間違いなくツンデレを扱うことには向いていない。

諦めて純粋な愛だけを貰える女の子を探せば良いだろう。

だがそいつらに一言申し上げるのならば……『高みへ来いよ。絶景だぞ』と語るだろう。

うん、何を考えているんだ俺は。

「それよりも、宝箱よ。この先にあるはずだわ」

そう言って、イヴが洞窟の奥へと進んでいく。

確かにそうだった。

本題は宝箱の中身である。俺たちも彼女の背を追って進んでいくと、岩の上に小さな箱が置かれていた。

「……本当にこれなのか？」

「ええ。そうよ」

俺が想像していたのは、海賊とかが隠し持っていそうな大きい箱だったのだが……これは少し、というかかなり小さいような気がする。

到底金銀財宝が入っているようには見えない。

入っていたとしても……石くらいしか入らないような気がする。

「お宝……じゃないかも？」

ミーアが小首を傾げるが、レイレイが慌てて間に入る。

「ま、まあいいじゃないですか！　記念になりますし！」

「それもそうか」

確かに宝物ではないかもしれないが、実際記念にはなる。これも良い思い出として、お宝以上のものにするとするか。

ともあれ、中身は気になる。もしかしなくても、ワンチャンあるかもしれない。

俺は小箱を手に取り、開けてみる。

「もう少し慎重にしたらどうなの……？」

イヴが呆れた様子でいるが、別に慎重に開けたところで中身が変わるわけでもないだろう。

いや、冷静に考えるとトラップの可能性もあったのか。まあ開けてしまったので、万が一トラップだったとしても対応なんてできないが。

「これは……なんかのお守りか？」

中には、コインのような形をしたチャームが入っていた。

面には紋章らしきものが刻まれているが、意味はよくわからない。ただ、こういう感じのお守りを過去に見たことがあった。

「わぁ！　なかなか綺麗《きれい》じゃん！」

「おおっ」

ミーアが俺の手から奪い去り、キラキラと瞳を輝かせながらお守りを眺めている。

「確かに綺麗ね。意外と価値があるんじゃない？」

「うーん……でも素人であるわたしたちにはよくわかりませんね」

レイレイの言っている通り、素人である俺たちには価値がよくわからなかった。確かにすごそうではあるが、知識がないからすごそう止まりである。

「でも……ちゃんとした知識のある人に鑑定してもらったら、金になるんじゃないか？」

俺がそんなことを言うと、三人が興味津々と言った様子で何度も頷く。

「ボタンに鑑定士とか紹介してもらおうよ！　お金欲しいし！　ありあまるほどのお金に埋もれたい夢を叶えるときだね！」

「名案ね！　もし価値があるものなら、換金していい感じの服とか買いたいわ！」

「わたしも賛成です！　お金、大事！」

まったく、現金な奴らである。

しかし、俺たちは決して裕福ではないのだから、お金になるのなら生活の足しにしたい。まあ、ミーアが抱いているお金に埋もれたいって欲求を叶えることはできないと思うが。

人によっては、大切な思い出なんだから売ってしまうのは……と言う者もいるかもしれないが、自分たちが見つけたものが価値あるものになるというのも思い出の一つになるのではないだろうか。

まあ、言っていること自体は屁理屈に近いものなので否定されても反論はできないが。

「んじゃあ決定な！　ボタンならきっといい人紹介してくれるだろうしな！」

意見もまとまったところで、俺たちは洞窟の入り口へと戻ることにした。

行きはよいよい帰りは怖いとは言うが、案外帰り道のほうがすんなりと行けた。そりゃ潜んでいた魔物を倒した後なのだから当然とも言えるが。

「おっ、晴れてんじゃん」

外を見てみれば、日の光が降り注いでいた。

どうやら雨も通り抜けていったらしい。

俺たちは外に出て、ぐっと体を伸ばす。

「帰るか！」

晴天の浜辺を歩きながら、第三村に戻ることにした。

第二章

CHAPTER 2

「お帰りなのじゃ！　海はどうだった⁉　楽しかったかぁ⁉」

海から帰宅し、俺たちは第三村までやってきていた。

なぜかというと、ボタンにお礼をしなければならないからだ。

彼女のおかげで夏を楽しむことができたし、涼むこともできた。まだまだ夏は続くが、頑張って乗り越えようとも思うことができたわけだし。

「最高だったぜ！　やっぱ夏と言えば海だよなぁ！」

そんなことを言いつつ、俺は海なんて行ったのは今回が初めてだったわけだけれど。

ともあれ、先人たちが夏と言えば海と言うのは理解できた。

この暑い季節には良い気分転換になる。

「じゃろうじゃろう！　妾《わらわ》も行きたかったが、さすがに長《おさ》である妾が不在になるのは許されないからのぉ……しかし楽しそうなお主たちを見ていると、少しばかり行きたかったのじゃ……」

残念そうにするボタン。

まあ彼女は第三村の長なわけで、そんな立場の人間はそう簡単には村から離れることができないのだろう。

俺もボタンと海には行きたかったのだが、これればかりは仕方がない。

「私も一緒に行きたかったなぁ！　ボタン、次は一緒に行こうね！」

そう言って、ミーアがボタンに抱きつく。

「ミーア！　お主は本当に可愛いなぁ！　妾、少し元気出たぞ！」

「よかったー！」

仲の良い二人を眺めて、俺とイヴとレイレイは微笑ましく思う。

やはりミーアとボタンのコンビはなんやかんやで相性がいいのだろう。

背格好も似ているし、行動も似ているから話していて楽しいとも思う。

「けれど、本当に感謝してもしきれないわ。ありがとうね、ボタン」

「そうです！　おかげさまで夏も頑張れそうです！」

イヴとレイレイが深々と頭を下げると、ボタンが慌てて頭を上げさせる。

「気にするな！　お主たちは仲間じゃからの！」

ボタンの素行には過去に色々と困らされたが、実際彼女にはかなりお世話になっている。

今はかなりその素行の悪さも落ち着いているしな。まあ、もしも前みたいに俺の情報を売る的なことをしたらしばくだけだ。

躊躇はしない。

「それでだ。少しボタンに聞きたいことがあるんだ」

「なんじゃ？　なんでも言ってみろ！」

そう言ってくれたので、俺はポケットからお守りを取り出す。保存方法なんてわからないから、適当にポケットに入れていたのだが、別に傷などは付いていない。

まあ、価値が下がったとしてもそこまでのものではないだろう。

もちろん素人考えではあるので、もし間違っていたらあれなんだが。

「うむ？　これは……タリスマンかの？　しかしどうしてこれをお主が持っているのじゃ？」

当然の疑問である。

到底俺たちが持っているような代物ではない。

「海の近くの洞窟の中にあったんだよ。なんか貴重そうなものだったから持ち帰ってきたんだ」

「ふむ……あそこは探索し尽くされていたはずじゃが……こんなこともあるんじゃの」

言いながら、ボタンはタリスマンを不思議そうに覗き込む。

「それでなんだが。この……タリスマンだっけ？　これを専門の商人か何かに売りたいと思っているんだ」

「売るのか⁉　こういうのって普通は『思い出として取っておこう！』とか思わないのじゃ⁉」

「思わなかったな」

「マジかお主……」

仕方がないだろう。

確かに思い出も大切だが、それはもう心の中にちゃんと刻まれている。

それに対してお金というものは決して心に刻まれたりなんかはしない。であれば、すぐ売却して生活の足しにしたほうがいいだろう。

「他の奴らもそう思っておるのか？」

ボタンが苦笑しながらミーアたちに聞く。

「お金は大切だからね！」

「換金できるならしたいわ」

「わたしたちも決して裕福ではありませんから……」

ボタンは彼女たちの答えを聞いて、目を丸くする。

申し訳ないが、俺たちは意外と現金な奴らなんだ。思い出も大切だが、それ以上に大切なものだってある。

「なるほどな……ならば良い専門家を教えてやろう。妾に心当たりがある」

ボタンは言いながら、近くに控えていた部下に手を差し出す。すると、何も言っていないのに部下はすぐに地図を持ってきてボタンに手渡した。

やはりボタンの部下はかなり訓練されているようだ。

もしも俺ならここまで素早く無駄のない動きはできないだろう。

「問題といったら、少し遠いことと、人間の国ではないことじゃな」

地図を広げて、ボタンはとある場所を指さす。

「場所としてはアリビア男爵領の南西、秘境中の秘境――エルフの国じゃ」

「エルフの国……？」

俺は思わず首を傾げてしまう。

そもそも、人以外の国があることすらも知らなかった。まあでも冷静に考えてみれば、魔族にも国家というものは存在するだろう。とはいえ、男爵領内にあるから、おそらくはそこまで大きい国家でもないとは思うが。

「知らないといった顔をしているな」

「そりゃもちろん。俺は生憎と常識知らずでね」

「正直でいいことじゃ。まあ、魔族にも国というものがあるのじゃ。そこの魔族らは知っているじゃろう？」

その問いに、ミーアたちは頷く。

「うん！　魔族にも国はあるっぽいね！　私はそういうところの出身じゃないからわかんないけど！」

ミーアは耳をピコピコ動かしながら言う。

「あたしのところは一応国って扱いだったわ。でも、スレイが知らなくても違和感はないわね。そうよね、レイレイ」

そう言って、イヴがレイレイのことを見る。

レイレイはこくりと頷いて、俺のことを見た。

「そもそも魔族の国というのは、一部を除いて人間に認められていませんからね。スレイさんが知らないのも当然だと思います」

なるほど……人間側は魔族の国家のことを認めていないのか。一般人である俺が知らないのも納得がいく。

「そういう感じじゃな。特に今回のエルフの国は人間たちから隠れて存在している国じゃから、なおさら知らなくて当然じゃな」

ボタンは地図の上をこつこつと叩きながら言う。

「しかし、それならどうしてボタンがエルフの国なんかを知っているんだ？　人間たちから隠れている国のには違和感がある。国家すらも把握していない場所を、

……ってことは国家すらも把握していない場所なんだろ？」

冷静に考えて、彼女がその国を知っているのには違和感がある。国家すらも把握していない場所を、村の長でしかないボタンが何故知っているんだ。

それこそ、国家が知らないということは、いわばアウトローな場所なのだ。

ボタンが知っているのには、少し裏があると考えてしまう。

もっとも、ボタンに限って言えば俺たちを騙《だま》すようなことはしないだろうから安心して問題はないだろうが。

「まあ、言ってしまえば妾たちもはみ出し者じゃからな。アリビア男爵領自体、国家にとっては面倒がられている土地じゃ。そういうわけじゃから、国家にとってグレーな存在も集まる。そして、妾もそういう奴らたちの手助けをしているわけだから、自然と繋がりもできているのじゃ」

言いながら、ボタンは俺たちを指さす。

「お主たちのような存在に数多く手を貸してきたと言えばわかるじゃろう？」

「な、なるほど……納得がいった」

あまりにもわかりやすすぎる説明に、俺は頷く他なかった。

確かに俺たちも借金取りから逃げ出したグレーな存在なわけで、実際にボタンはそんな俺たちに手を貸してくれた。

そういう事情を鑑みると、彼女が魔族の国家について知っていてもおかしくはない。

「ともあれ、そこに妾の知り合いの魔導具専門の鑑定士がおる。彼女なら、おそらくこのタリスマンにも値段を付けることができるじゃろう」

エルフの国にいる魔導具専門の鑑定士か。

ボタンが言うのだ。

その鑑定士とやらに頼めば、このタリスマンの価値もわかるのだろう。

「ですが……エルフの国ですか……」

レイレイが顎に手を当てて、むむむと唸る。

「どうしたんだ？　やっぱりエルフの国だから、何か思うことでもあるのか？」

レイレイはエルフ族であるため、色々と思うことでもあるのだろうか。なんて考えていたのだが、彼女が言ったことは想像していたものとはかなり違った。

「いえ……ただエルフの国は人間の立場が限りなく低いんです」

「立場が低い……？」

俺は思わず首を傾げてしまう。

確かに、人間の国ではないのだから立場が低いのは当然のように思うが……『限りなく』というのが引っ掛かるな。

「どういうことなの？　人間の立場が低いってあんまり想像できないんだけど」

イヴも同じような疑問を抱いたようだった。

「もともと人間とエルフの仲が悪いのはご存じだと思うのですが、それも相まってエルフたちは人間を敵対視しています。おそらくスレイと一緒に入るとなると……」

「なるとどうなるの？　気になる！」

ミーアがワクワクとした様子で聞く。

俺はワクワクするどころか、若干嫌な予感がしていた。なんたって、人間側には魔族専門のハンターがいたりするくらいには魔族と人間は対立しているのだ。そんな国に俺が入ろうとするならば、それ相応の覚悟がいるはずである。

「おそらく『私たちがスレイさんを奴隷として扱う』必要が出てくるかと思います。とどのつまり、スレイさんは私たちの奴隷だから皆さんは安心してくださいね……といった具合になってくるかと」

思わず愕然としてしまう。

彼女たちの奴隷になる……まあでも、それで入国できるなら俺は全然構わない。

とはいえ……奴隷か。

彼女たちの過去を考えると、少し心配な面もある。

嫌じゃないだろうか。

「なにそれ楽しそう！　スレイを奴隷にできるとか最高じゃん！」

「少し……というか、かなりいいわね。あたしその国に早く行きたいわ」

どうやら、俺が危惧していたことはあまり気にしていないようだった。

ミーアとイヴはもうノリノリである。ミーアは耳をピコピコと動かして、イヴは目を赤く輝かせている。

なんだ……もしかして俺、彼女たちにすごく恨まれていたりする？

やっぱりあれかな。

形式上はやっぱり奴隷商人だったわけだから、あの頃のことをよく思っていなかったのかもしれない。

しかしまあ、これも心配のしすぎといった感じのようだが。

「念のため、現地ではかなりひどい扱いをスレイさんに強《し》いることになると思います。スレイさんは……その……覚悟をしたほうがいいと思います」

「ええ……たとえば？　俺にどんなことをするんだ？」

俺はもうわなわなと震えながら聞いていた。

多分だけど、俺が今まで彼女たちにしたことがないようなことを、彼女たちはしようとしているのかもしれない。

それこそ、本当の奴隷と主人のような関係でいないといけない可能性があるのだ。

「ええと……大変言いにくいのですが……犬になる覚悟はしたほうがいいですね。靴を舐めたりだとか、街中で四《よ》つん這《ば》いになってわたしたちを運ぶだとか……」

犬。

うん、犬か。

これは想像以上の答えが出てきたな。

「マジで……？　え、こわ。嘘だろぉい」

本当に彼女たちには一度もしたことがないようなものだ。

え、俺三人の犬になるの？

靴を舐めたりだとか、街中で四つん這いにならなきゃいけないの？

嫌なんだけど。

かなり嫌なんだけど。

俺には……さすがにそんな趣味はない。

確かにそういう趣味を持っている人間もいると思うが、俺はというとそんなものは一切ない。

断じてだ。

「ガハハ！　傑作じゃなそれ！　妾も見に行きたいのぉ！」

こいつ……自分が部外者だからって笑いやがって……！

「いいんだぜボタン。お前も来いよ。一緒に街中で靴舐めたり四つん這いになろうぜ？」

「あ～……遠慮しておくのじゃ。なんかすまんの」

「謝るくらいなら言うなよ。はっ倒すぞ」

バカにしてくるボタンを一蹴し、俺は頭を抱える。嫌だ……街中でそんな辱《はずかし》めを受けるのなんて嫌だ……俺は絶対にそんなことはしたくない……。

どうにか回避できないだろうか。

別の鑑定士に頼んだりとか……もういっそのことタリスマンを思い出としてとどめたりとか。

「みんな……やっぱやめないか？　なんか怖いじゃん？　ほら、タリスマンも思い出として大事に取っておこうぜ？」

彼女たちにお願いをしてみる。

彼女たちのことだ。きっと俺のことを察して今回は諦めてくれるだろう。

なんたって、俺が誇る心優しい家族だぞ？　家族である俺が悲しい目に遭うことなんて、三人も絶対嫌なはずだ。

「スレイ！　お前はもう私たちの奴隷だ！」

何言っているんだミーア。

「ごめんねスレイ。頑張ろうね？」

お前、絶対あのゴブリンのこと恨んでるだろ。

「ふふふ……たまにはいいじゃないですか。ね？」

何でお前はノリノリなんだよレイレイ。

ごめん……俺、三人が怖いよ。

ミーアはなんかやる気満々だし、イヴは満面の笑みだし、レイレイはなんかすごく嬉しそうにしてる。

あれ、俺彼女たちになんかしたかな？　悪いことをしたなら先に謝っておきたいんだけど、驚くほど心当たりがない。

強いて言うならイヴのこと程度である。

俺は震えながらボタンに助けを求めることにした。

「金になるからいいじゃないか！　頑張れ！」

そう言って、ボタンが何度も肩を叩いてくる。

こいつ、自分には関係ないからって……！

どうやら俺に逃げ場はないようだった。

俺はもう……彼女たちの奴隷になるしかないのか……。

嫌すぎる。可能ならこの場から逃げ出したいところではあるが……しかしそういうわけにもいかない。

三人はもう行く気満々なのだ。俺がいくらワガママを言ったところで受け入れられるわけがないだろう。

「わかった……なら行こうじゃないか」

もうどんなに言ったところで行くのは確定なのだから、ここは潔く諦めることにした。

恐らくエルフの国では、俺が想定できる限りでの最大の恥辱が待っているだろう。

だが……どうすることだってできない。

覚悟はできていないが……仕方がないことなのだ。

「やった！」

「楽しみね！　テンション上がるわ！」

「ふふふ……スレイさんを奴隷に……」

こいつらガチで怖い。

俺、いつか彼女たちに殺されるかもしれない。

早めに身辺の整理でもしておくか……。

葬儀は身内のみで執り行いましたという記事を出す準備もしておこう。

「エルフの国行きの馬車は妾が用意しよう！　お主ら、楽しんでくるのじゃぞ！」

ボタンもノリノリである。

まあ、彼女自身には関係なく傍観者であるのだから当然である。俺も可能なら傍観者になりたかった。

誰かが奴隷のような扱いをされている様子を見て、お菓子を食べながら爆笑できる立場でありたかった。

「……仕方がない。行くか」

◆◆◆

というわけで、俺たちは馬車に揺られながらエルフの国へと向かっていた。アリビア男爵領がただでさえ秘境だというのに、その秘境の中にある秘境なのだから。それはもう驚くほど生い茂った森の中を進んでいた。

動物だって何度か見た。

鹿とか猿が普通に歩いていたよ。

第三村付近の森では見たことがない景色である。

まさに秘境という言葉が相応《ふさわ》しい。

「スレイったらテンション低いわね。もっとアゲていきましょうよ」

「イヴな。お前陽キャみたいなこと言うなよ。というか、テンション上がるわけがないんだよな普通」

イヴたちはもうノリノリであるが、残念ながら俺はずっとお腹が痛い。

どんな辱めを受けるのかと想像するだけで嫌な汗が流れる。俺はこれからどうなってしまうのだろうか。

お腹が痛くなってきた。

胃も痛い。

近くにトイレでもないだろうか。

おそらくトイレに入ってしまったが最後、しばらくは出てこなくなるだろうが。

「仕方がないじゃん！　たまにはこういうのもいいと思うけどな！」

「良くねえよミーア。たまにとは言うけど、たまにでもあったら一大事なんだよ」

「え～？　そうかな？」

「そうだよ。当たり前だろ」

ミーアはおどけた様子で言うが、俺にとってはそれどころじゃないのだから彼女のノリに合わせることはできない。

「まあまあ！　楽しいこともあるかもしれませんよ？」

レイレイが手を合わせてそんなことを言う。

何を言っているんだろうこの子は。

どういう風に考えたら楽しいことなんて言葉が出てくるのだろうか。

「ちなみに楽しいことってどんなことだ？」

参考までに聞いてみることにした。俺が気がついていないだけで、実は楽しいことがあるかもしれないからだ。

俺はバカだからよ、わからねえことがたくさんあるんだ。

ここはしっかりと教わるべきである。

「ええと……マゾに目覚めるとか？」

「……なんて？」

「マゾヒズムに目覚める……？」

「正式名称まで言わなくていいからね。ちゃんと聞こえているからね。そういう意味で聞き返したわけじゃないからねレイレイ」

何がマゾヒズムに目覚めるだよ。

目覚めてたまるかよ。

そりゃ確かに彼女たちのような可愛い子に奴隷扱いされて喜ぶ男はいると思うぜ。そういう層がいるのも、俺は十分に理解しているし、多少気持ちがわからなくもない。

けれどだ。

自分がそうなるのは嫌だ。

俺は生憎とマゾヒストではないし、そういう性的嗜好《しこう》もない。

俺は大人のお姉さんが好きなだけであって、決してマゾではないのだ。

「はぁ……帰りてぇ。実家に帰りてぇな……」

「ブラックジョークか何か？　スレイが言うとあまり笑えないわ」

「比喩だよイヴ。悪いな笑えなくて」

なんて言った後、俺は少し考えてから。

「俺をもう一度産んでくれないか、イヴ」

「ごめん……キモすぎて言葉が出てこないわ……」

さすがに受け入れてくれなかった。

まあ俺からしてもこの発言は気持ちが悪すぎるからな……。

ともあれ、気持ちとしては実家に帰りたい。

俺自身、あまり実家が好きではないし、そういうことを言う人間が理解できなかったのだが、今なら理解できる。

実家に帰りたい。実家に帰って実家のベッドで寝転びながら、現実を忘れてママの作った晩飯が何かを考えて生活したい。カレーだったら嬉しくてママに抱きついていた時代に戻りたい。

「一応……聞いていいか。ここはエルフの国に入ったらどんなことを俺にするのか、事前に打ち合わせしておいたほうがいいと思うんだ。そう思わないか？」

やはり被害者になるであろう俺のために、打ち合わせはすべきだと思う。そうすることによって、俺は身構えることだってできる。プロレスだってそうだが、事前にやることがわかっていたら我慢ができるものだ。

「お楽しみにしておいたほうがいいと思うよ！」

「そうよ。そっちのほうが絶対楽しいわ」

「そうですよスレイさん。お楽しみは取っておかないと」

こいつらはいったい、何を言っているんだ？

絶対楽しいわけがない。

なんせ犬になるんだぞ？

どうやってそこに楽しさを見出だせば良いんだよ。

さすがに無理があるよ。

厳しいよ。キツいよマジで。

「あのな……俺はお楽しみじゃないんだが？」

そう言うと、彼女たちは小首を傾げて苦笑する。

あれだ、この人は何を言っているんでしょうね？　と排他的な言論をする輩の真似でもしているのだろう。

俺は全く笑えない。

「ったく……はいはい。お前らのしたいことはわかりましたよ。俺には大人しく従えって言いたいわけですね」

どうせ俺のことはどうだっていいんでしょう？　とさながらメンヘラのごとく答える。

「急に拗《す》ねないでよ。残念だけどあたしたちは相手にしないわよ」

「おうおうイヴ。俺が言いそうなことをお前も言うようになったな。人の悪いところは真似ないほうがいいんだぜ？」

「あたしはあなたのその行動を気に入っているから真似ただけよ」

うわ〜驚くほど嬉しくない。

というか、なんかムカつく。いざ人にやられたらこんなにもムカつくものなんだな。今後は気をつけよう。

気をつけて今後も使っていこう。

「お話しているところ悪いが、そろそろだぜ兄ちゃん。人間の俺が近づいたら面倒だから、ここらで降りな」

どうやら、エルフの国付近までやってきたようだ。

俺は大きく息をついた後、御者さんにお礼を言って馬車を飛び降りる。ミーアたちも後ろからついてきて、俺たちはエルフの国へと歩き出した。

「こんなところに国があるだなんて、少し信じられないな」

周辺は良く言えば自然が溢《あふ》れている、悪く言えば森しかないといったような場所だ。道があるわけでもないから、正直この先に国があると言われても想像ができない。

「人間にバレてはいけませんからね。こういう場所のほうが都合がいいんでしょう」

レイレイは目を細めて言う。

まあ確かに、人間にバレてはいけないという点で考えると、このような場所に作るのは納得がいく。どこかに形跡だって残すわけには行かないから、道もないのだろう。

しかし、人間のせいでこういう生活を強いられていると思うと、色々と考えてしまう。

けれども俺が考えたところで、あくまで理想論にしかならないわけで、決して状況が良くなるわけではない。

俺たち人間と魔族の関係は、昔からこうだったのだ。いや、『昔からこうだった』と片付けてはならないのだろうが、まとめるとそうなってしまう。

状況が良くなれば……とは思うが、おそらくは国家の考えから変えていかないとならないのだから、俺には到底不可能なことだ。

不可能なことは考えすぎても仕方がない。

俺は生憎と物語の主人公ではないわけで、このような現状を憂うことしかできないのだ。

「あれじゃない！　あれ！」

ミーアが騒ぎ出したかと思えば、森の奥へと走って行く。

俺たちも倣うように走ると、その先にはかなり大きな集落のようにも見える場所――エルフの国があった。

正直国というにはあまりにも小さいとは思うが、これ以上大きくすると人間に認知されてしまう可能性もあるからできないのだろう。

それに、魔族の国とはいっても外見はいたって普通だ。

本来なら何かエルフ特有の建造物などもあるのかもしれないが、万が一人間に見られた場合でも感づかれないようにこのような形にしているのだろう。

ミーアは門のところまで走って行き、見張りをしているエルフの兵士に挨拶をしている。

「さて……気を引き締めるか」

俺は深呼吸をし、レイレイとイヴを先頭に門番へと近づく。

門番がこちらに気がつき、俺を見るなり険しい表情を浮かべた。

「貴様たちは何者だ！　人間がいるようだが……何を目的としてここに来た？」

相手はかなり俺のことを敵対視しているようだ。だが、それも当然なわけで俺は大人しくしてレイレイたちに任せることにした。

一応……彼女たちよりも頭の位置は低くしておこう。

俺はレイレイたちの前で跪《ひざまず》き、さながら奴隷のように振る舞う。

「わたしたちはエルフの国にいる魔導具専門の鑑定士に用があって来ました。この人間はわたしたち三人の奴隷でして、しっかり下僕として調教しているため、魔族には害はありません」

そう言って、レイレイが俺のほうを見る。

手をこちらに掲げたかと思えば、突如として魔法を発動した。

「うぐっ！」

彼女の魔法により、俺は地面に突っ伏した状態になって完全に動けなくされてしまった。門番にしっかりと見せつけるため、魔法もかなり強力である。

普通に苦しいし痛い。

だが、抵抗するわけにもいかないので大人しく魔法をもろに喰らう。

ここまできたのだ。

プライドだとかそんなものは考えないほうがいいだろう。

「そうよ。こいつ、あたしたちの奴隷だから安心してほしいわ」

「そうだよ！　だから安心してね！」

イヴとミーアがそんなことを言ったかと思えば、うつ伏せになっている俺の上に座ってきた。二人分の全体重を乗せられているため、かなり重い。

……そこまでしなくてもいいんじゃないのかと言いたくなるが、ぐっと堪《こら》える。

いいさ、今の俺は奴隷であり彼女たちの椅子なのだ。

遠慮なく踏んで貰って構わない。

だが一つ言わせてくれ。

「ちょっと……重くない君たち……！」

レディに対して言ってはいけない言葉だと思うが言わせてくれ。

やっぱりあれかな。

最近美味しいご飯食べさせすぎたかな。

「は？　奴隷がそんなこと言っていいと思ってんの？　ミーア、一発やってあげなさい」

「わかった！　喰らえ奴隷が！」

そんなことを言って、ミーアが思い切り俺の頭を叩いてくる。かなり痛くて、思わず泣きそうになってしまった。

彼女たち……本気だ……。

「嘘ではないようだな。しかし……エルフのお前は『希少種』か」

「……はい」

途端に、レイレイの表情が暗くなる。

それも……そうだった。彼女は希少種だという理由で迫害されていたのだ。完全にそのことが抜け落ちてしまっていた。

どうして事前に言ってくれなかったのだろうかと思うと同時に、彼女の性格的に言い出せなかったのだろうなと思う。

ここは俺が配慮するべきだった。

「ああ、安心してくれ。俺たちは希少種に差別意識はない。この国にもお前のような希少種がいるんだよ。とてもいい人でね、いつもお世話になってばかりだよ」

門番は笑いながらレイレイの肩を叩く。

すると、レイレイの表情も少し明るくなった。

どうやら、ここの人たちは理解があるようだ。

「通ってくれ。俺たちは君たちを歓迎するよ」

そう言って、門番が門を開けてくれる。

どうやら、第一関門は突破したらしい。

俺はミーアに叩かれながらも安堵した。

というか、ミーアはいつまで俺の頭を叩いているんだ。

もう十分アピールはできているだろう。

「行くよ奴隷！」

「さっさと歩きなさい」

「早く来てください」

三人が俺に対して、強い口調で言ってくる。

俺は泣きそうになりながら、彼女たちの背中を追った。

しかし、中に入れたとはいえ問題は色々とあった。

「…………」

この国に住んでいるのであろうエルフが、俺たちのことをじっと見てきているのだ。

それもそうで、門番はどうにかなったがそれ以外の国民たちは俺たちの関係を知らないわけだ。こうやって、俺たちのことを気味悪そうに見るのは当たり前である。

「もう少しやっておいたほうがいいかもしれませんね……」

レイレイがそんなことを言ったかと思えば、こちらに振り向いて睨めつけてきた。

嫌な気配がする。

また辱めが起ころうとしているのがわかった。

「な、なんでしょう?」

「ゴミ虫さん、わたしは飲み物が飲みたいです。いいからさっさと飲み物を買ってきなさい」

「ゴミ虫……ね……」

レイレイの一言に、俺は悲しくなってしまった。

ゴミ虫だなんて彼女の口から出てくるとは思わなかったよ。それも俺に向けられた言葉ってなるとなおさらだ。

悲しい……悲しいが仕方がない。

現状は我慢するしかないのだ。

「私も欲しいかも！　ゴミ虫！　買ってこいよ！」

「あたしも頼みたいわ。甘いものでよろしく」

我慢しろ……俺……。

エルフの国で安全に動くためには必要なことなのである。俺はレイレイからお金を貰い、近くにある出店まで向かう。

その様子を見ていた出店の店主は、売るのを拒むことなく俺に飲み物を買わせてくれた。これに関してはありがたいことだが、けれど俺の心はもうズタボロである。

彼女たちの元へ帰り、俺は飲み物を手渡していく。

「遅いよ？　何してたの？」

「い、いや……普通に買いに行っていただけだけど……」

「え〜？　よく聞こえないなぁ？」

ミーアが今までに見たことのないような扱いを俺にしている。

なんでこうも敵対的なんだ。

別にそこまで言わなくてもいいと思うんだ。

「スレイ？　あたし炭酸嫌いなんだけど。あんたさ、主人にこんなことしていいと思ってるの？」

「は……？　お前炭酸別に嫌いじゃないだろ——いった……！」

イヴに反論したら、頭をしばかれてしまった。

躊躇なんてものはない。

完全に無慈悲な一撃である。

最後にレイレイに飲み物を渡すと、彼女は静かに頷いて。

「買い物もままならないなんて……悲しくなりますね」

ああ……死にたくなってきた。

なんで俺は生きているのだろうか。

どうしてこの世界に生を享《う》けてしまったのだろうか。

もしも俺が生粋のドM体質だったら、このようなシチュエーションも嬉しくて仕方がなかったのだろうが……生憎と違う。普通の一般人なわけで、こんなことを女の子に言われたら悲しくて震えてしまう。

こんなことになるのなら、マゾになってしまったほうがいいかもしれないとも考えてしまうが……しかしここでなってしまったら俺は終わる。

俺は「へへへ……」と笑いながら肩を落とす。

イヴが飲み物を口にしながら、周囲をちらりと見る。

「いい感じね。他のみんなも察してくれてきているわ」

「そうですね。奴隷であることは伝わりつつあるようです」

レイレイも首肯する。

俺の頑張りも相まって、エルフの国の皆さんには理解されつつあるようだ。奇異の目で見られてはいるが、敵対視はあまりされていない。

頑張った……俺はよく頑張った。

うっ……考えれば考えるほど泣けてきた。

涙が出そうだが、どうにか我慢している状況だ。

「なあ、それならもういいんじゃないか？」

彼女たちに聞いてみるが、しかし三人は俺の意見を聞く様子を見せない。

「念のため、もっとやっておこうよ！」

「そうね。まだまだ疑われているわけだし」

「ですね。もっとしておくべきでしょう」

本当に三人は俺の話を聞いてなかったようである。

しかも、もっとしておいたほうがいいと言った。つまり、俺への奴隷のような扱いはまだまだこれからと言うわけである。

正直、まだこれが続くのかと思うと頭が痛くなってきた。

目眩《めまい》もしてきたし吐き気もしてきたかもしれない。

「ああ～なんだか肩が凝ってきたわ。スレイ、ちょっと揉《も》んでくれない？」

イヴが肩に手を当てて、わざとらしく俺に視線を向けてくる。

どうして俺がこいつの肩を揉まなければならないんだ。けれど……ここで断ってしまったら、周囲になんて思われるかもわからない。

屈辱的だ……屈辱的すぎる……。

「はい……」

しかし断るわけにはいかない。

状況が状況なのだ。

ここで従わなかった場合に万が一のことがあったら困る。

俺は大人しく、イヴの肩を揉むことにした。

「ったく……下手くそね」

嘆息しながらイヴが言う。

絶対に許さないからな……覚えておけよマジで。

悪いが俺を怒らせるとどうなるか身をもって体験してもらうしかない。

自分の飯が少なくなるのを覚悟するが良い。

「……後で覚えとけよイヴ」

「聞こえないわね。声が小さすぎてなんて言っているのかわからないわ」

彼女に耳打ちをするが、どうやら全く効果がなかったようである。他のエルフの皆さんは相変わらずこっちをじっと見てきているし、それも相まって彼女たちもこれを止めるに止められないのだろうが……しかしひどいものだ。

「いいなぁイヴだけ！　私も揉んでほしい！」

ミーアの一言に、イヴはあしらうように言う。

「ミーアはいいでしょ。あんたは肩こりとは無縁そうだし」

「喧嘩売ってるのかな？　どっちが格上か見せといたほうがいいのかな？」

何故かイヴとミーア間で争いが発生しそうになっていた。

いや、なんでだよ。

別に今はミーアに喧嘩を売るようなシチュエーションではなかったでしょうに。俺は半ば冷や汗をかきながら、イヴの肩を揉み続ける。

というか、揉み続けることしかできない。

「ミーアはねぇ、これからもっと成長すればあたしの気持ちもわかるかもだけど」

「お前なぁ……」

俺は何故か挑発をしているイヴに嘆息をする。

たまにイヴもイヴで変な調子になったりするんだよな。ここはある意味俺に似ているというべきか。

この部分は似ても困るんだけども。

「はっ。スレイはあたしだけの肩揉み専門として生きていきなさい――っ」

これほどまで挑発をしていたイヴが、何かを見て固まった。俺は一瞬理解できなくて、硬直してしまったのだが、すぐに理解することができた。

イヴの前にレイレイが立ち、にっこりと笑っているのだ。

「スレイはみんなのものですから、仲良くしましょうね?」

「ああ……うん……だけど」

レイレイの威圧に、イヴも反論しようとするが、しかし言葉を封じられる。

「肩こりと言えば、わたしもひどいんですよね。イヴさんよりも厳しいかもしれません」

「ええ……そうね……うん……ごめんね、調子に乗って……」

圧倒的敗北を喫したイヴは、苦笑しながら俺から離れる。

どうして奴隷の俺を差し置いて喧嘩が始まるんだよ。

もう他のエルフさんたちも困惑しているよ。

「何してんだよお前ら……」

俺はもう呆れに呆れてしまっていた。

まったく、俺を奴隷のように扱うのは構わないが仲間内で争ってどうするんだよ。まあ確かに楽しくなってしまうのもわからなくもないが。実際、俺もこんなシチュエーションになったら調子に乗る自信があるし。

「……ところで、魔導具専門の鑑定士のところに行こうぜ。なんていうか、違う意味で注目されているからよ」

周囲をちらりと見て、彼女たちに嘆息しながら伝える。

というのも、さっきまで『人間がいるぞ』って目で見られていたのに、今となっては『人間にヤバい扱いをしている魔族たちがいる』といった好奇の目で見られる。このままでは俺たちは変人の集まりといったような嫌な解釈をされてしまうだろう。

「……まあ、それも大事ですが、ねぇ？」

レイレイがそんなことを言って、ミーアとイヴに視線を移す。二人はこくりと頷いて、俺の顔をニヤニヤしながら見てきた。

「あの……その、大変言いにくいのですが……あれなんです。わたし、少しゾクゾクしてしまっている節があるんです」

「は……？」

思わず困惑してしまう。

レイレイはいったい何を言っているんだ？

ゾクゾクって……この状況にか？

待ってくれ。ちょっと待ってくれ。

何を考えているんだレイレイは。

「私も！　スレイをいじめてたらすっごく楽しくなってきちゃった！」

「ごめんねスレイ……あたしたち、もう止まれないかも」

「はぁ？」

本当にこの子たちは何を言っているのだろうか。

つまりあれか？

俺を奴隷のように扱っていたら、Sっ気に目覚めたって言いたいのか？

……勘弁してくれよ。

何度も言っているが、生憎と俺にはそういう趣味はないんだが。

そういう趣味を持っている子たちを面倒見るのもキツすぎるのだが。

「あのぉ……俺は、そういう趣味はないわけで……えっと」

言葉を詰まらせながらも、彼女たちに伝えようとしてみる。けれど、三人には全く俺の気持ちが届いていない様子だった。

というか。

「いいね今の言葉！　なんか燃えちゃう！」

「ふふふ……もっと鳴かせたいわ……」

「ゾクゾク……しますぅ……」

なんか恍惚《こうこつ》とした笑みを浮かべていらっしゃるのだが。

なにこれ、俺襲われちゃう？

俺は脳内で逃げようか何度も逡巡するが、しかしここで逃げてしまうとおそらくは『人間の奴隷が逃げた』ということで騒ぎになってしまうだろう。

つまり、俺は現状逃げることはできないわけだ。

……あれ？

もしかして詰みってやつですか？

「ねぇスレイ！　私の足を舐めてよ！　跪いてさ！」

一瞬、ミーアが何を言っているのか理解できなくて頭が真っ白になってしまう。

足を……舐めろだって？

勘弁して欲しい。

いや、ほんとに勘弁してくれ。

切実にだ。

「……お前、何言ってるのかわかってんのか？」

「いいじゃん別に！　ボタンと一緒に話していたことじゃん！」

そう言って、ミーアが俺に生足を差し出してくる。

本当に舐めろって言っているのか、こいつは。

もう冷や汗が止まらないといった感じで、俺の心臓はバクバクだった。

周囲のエルフたちがこちらを見てきている。せっかくなら、人間が魔族の足を舐める姿を見届けようといった表情を浮かべていた。

何この状況……俺、終わっちゃう？

「舐められないの？　みんな見てるよ？」

「あ、ああ……」

みんな見ている。それは紛れもない事実である。事実であるからこそ、俺の胸は早鐘を打っているのだ。

集団心理というのは恐ろしいものだ。

もうやらないと周囲の空気的に許されない感じになってしまっている。

俺は……このまま足を舐めるのか。

震えながらも、俺は地面に膝を突く。

体を屈めて、ミーアの足に顔を近づけた。

「……なんかムカつくわね。ミーアの足は舐めなくていいわよスレイ」

「そうですね。舐めるのはやりすぎですよ」

イヴとレイレイが俺の間に入って、足を舐めさせるのを止めてきた。

一瞬俺は、彼女たち二人が女神様かのように思えてしまう。

危なかった。このままでは俺はミーアの足を舐めて、そのまま首を切って死んでいただろう。危なかった。

「なんで止めるのー？　あと少しだったのに～！」

ミーアが頬を膨らませて、ぷんぷんと怒っている。怒りたいのは俺だよという気持ちを抑えながら、俺は立ち上がってイヴとレイレイに感謝をした。

「ありがとう……助かったぜ……」

「いいのよ。奴隷にも多少の配慮はしてあげないとね？」

「ですね。ねえミーアさん？」

「なんか怖いよ二人とも……」

じとっとした目で見てくるイヴとレイレイに、ミーアは震えながら答えていた。

俺は胸を撫で下ろしながら、イヴとレイレイの背中に隠れる。

もう二人の背中がとても大きく見える。

なるほど、これが父の背中というものなのか。

もしも俺にまともな父親がいたならば、こんなにも大きく見えていたのだろう。

「いや～本当にありがとなレイレイとイヴ。危うく足を舐めるところだった……ぜ？」

なんて言っていたのだが、何故かイヴとレイレイの表情に含みがあったので、俺は首を傾げてしまう。

何か言いたげである。

「えっと……どうしたんだ？」

聞いてみると、イヴがにっこりと笑う。

「そろそろ……魔導具専門の鑑定士に会いに行きたいところよね？　だからね？」

「……なんだよ。何が言いたいんだよ」

俺は後ずさりしながら、イヴを見る。

なんだかすごく嫌な予感がする。

「そうですねイヴさん。だから……スレイさんには一つやってほしいことがあるんですよ」

「レイレイもどうしたんだよ……？」

さっきから様子のおかしい三人に、俺は苦笑するしかなかった。

そんな俺を前に三人は笑みを湛《たた》えている。

「あたしたちを順番にお姫様抱っこして魔導具専門の鑑定士のところまで行くわよ。これは命令、絶対よ」

「そうです。これは命令です」

「えー！　なにそれ楽しそう！　私も私も！」

そう言って、三人が俺の前に立つ。

こいつら……Sっ気に目覚めたって言っていたが、この様子からしてマジだな……。冗談だとも思っていたが、決して適当なことを言っていたわけじゃなさそうだ。

もちろん気持ちとしては断ってやりたい。

けれど、周囲の視線もある。

俺に選択肢は残されていない。

なるほど。これが八方塞がりってやつか。

初めて体験したのだが、いやはや勉強になるな。

「はぁ……わかった。順番な」

諦めてそう言うと、三人はぱっと目を輝かせて嬉しそうにする。

「やったわね！　エルフの国ってば最高じゃん！」

「ふふふ！　エルフの国も楽しいですよね！」

イヴとレイレイが手を合わせてはしゃいでいる。

実に楽しそうではあるが、俺は全く笑えない。

「抱っこ！　抱っこ！」

ミーアもその場で跳びはねてノリノリである。

まあ、足を舐めるよりかは断然マシである。

お姫様抱っこくらいならいくらでもしてやろう。なんだか自分の感覚が狂ってきているような気もするが、考えすぎても仕方がない。

俺は一番最初に近づいてきたミーアを抱っこし、大きく息を吐いた。

「ったく……行くぞ」

「きゃー！　お姫様抱っこ楽しいー！」

耳をピコピコと動かして嬉しそうにしているミーアを一瞥した後、俺はレイレイに声をかける。

「地図はレイレイが持っていたよな。案内頼んだぞ」

「もちろんです！　その代わり、しっかりお姫様抱っこしてくださいね！」

「はいはい。俺はあなたたちの奴隷ですからね」

適当に相槌《あいづち》をし、俺たちはレイレイを先頭に歩き出す。

しかし、この国に入って思ったが、エルフの国といっても意外と人里と変わらない。

住民だって普通の生活をしているように見えた。

しかし、彼らの敵とはいえ、人間である俺に興味をもって話しかけてくるエルフもいるんじゃないかと思っていたがあまりいない。まあ、冷静に考えると人間である俺に声をかけようだなんて思うエルフもそうそういないとは思うが。

「ところで、レイレイに一応聞いておきたいことがあるんだ」

「なんですかスレイさん？　もう抱っこしてくれるんですか？」

「違うわ」

レイレイの返答にツッコミを入れ、俺は彼女の隣に並ぶ。

「お前、エルフ間では差別されてたんだろ？　どうしてエルフの国に行くってなったときに言わなかったんだ。正直、嫌だったんじゃないのか？」

門番に止められたときから、ずっと気になっていた。聞かないという選択肢もあったが、俺はもう彼女たちのことはしっかりと聞いていくと決めているんだ。

もう避けたりなんかはしない。

彼女は少し困った様子で笑ったかと思えば、頬をかきながら答える。

「ええと……もちろん怖かったです。差別された過去は変わりませんからね」

差別された過去は変わらない。

その通りで、差別されたという事実はどんなことがあろうと本人から消えることはない。レイレイにとって、エルフの国に向かうというのはかなり重い出来事ではあったのだ。

「ですが……もしかしたら、姉さんがいるかもって思ってしまったんです。エルフの国ですから、少し期待をしてしまっていた自分がいて」

「そっか。お前はすごいな」

「えへへ。そう言ってくれると嬉しいです」

レイレイは気恥ずかしそうにしながら笑う。

「ちょっと、何いちゃついてんのよ」

「私を抱っこしているの忘れてないかな⁉」

イヴとミーアが苦笑しながら指摘してくる。

イヴもそうだが、ミーアに関しては俺がずっとお姫様抱っこをしているのだ。突然そんな話をされて、若干気まずかっただろう。

とりあえず抱っこしているミーアの頭を撫でた後、「悪いな」と言っておいた。

「レイレイどうする？　そろそろ俺に抱っこされとくか？」

ミーアを下ろすと、彼女は名残惜しそうにしながら俺の隣に移動する。

そして、俺はレイレイをお姫様抱っこしようかと思っていたんだけど。

「わたしは最後でいいですよ！　次はイヴさんです！」

「ああそう？　んじゃ、イヴ来いよ」

俺はイヴのほうを向いて、手を広げてみせる。

「……なんだか恥ずかしいわね」

「今さらだろ」

少しだけ顔を赤くするイヴに手招きして、彼女をお姫様抱っこしてみせる。ミーアとはまた違う感触に、俺は若干ドキドキするも気持ちを切り替えることにした。

「重たいって顔しているわね？」

「してないっつうの。そりゃミーアよりかは重いけどよ」

「むっ……」

イヴが目を赤く光らせて睨んでくる。

怒っているところも可愛いぜ全く。

「冗談だっつの。軽いよお前も」

「それならいいのよ」

全く、女の子ってのは大変だな。

俺が半ば呆れていると、レイレイが笑う。

「イヴさんったら、本当は嬉しくて仕方ないくせに」

からかうようなその一言に、イヴは頬を赤く染める。

「べ、別にそんなことないわよ！　嬉しくなんかないから！」

慌てた様子で叫ぶイヴに対して、俺はにやりと笑った後。

「それじゃあ下りるか？」

「下りない！」

わざとそんなことを言ってみたら、彼女は慌てた様子で俺の首に手を回してくる。本当にツンデレを極めているなこの子は。

まあ俺はツンデレ娘の扱い方には慣れているので、これくらいどうってことはない。

なんならウェルカムである。

いくらでもデレてくれて構わない。

その分こっちがからかうだけである。

「しかし、魔導具専門店はどの辺りにあるんだ？　意外と距離がありそうだが」

「そうですね……多分もう少しだと思うんですが……あれ……？」

レイレイは地図を広げて、斜めにしたり縦にしたりしている。

「おいおい……本当に大丈夫なのか……？」

雰囲気的にかなり怪しい。レイレイなら地図を見て案内できるだろうと思っていたのだが……なんだか険しい表情をしている。

「レイレイ？　そもそも地図って見たことあるの？」

ミーアから純粋な疑問が投げかけられる。

その問いに、レイレイは苦笑しながら答えた。

「実は……初めてで……」

「え……マジか……」

彼女のことだから問題ないだろうと思っていたが……地図を見ること自体初めてだったとは……。

これは案内どころじゃないかもな。

「ミーアは……地図わかるか？」

「わかんない！」

「だよな」

とても元気よく返事をしてくれたので、俺は逆に安心した。うん、ミーアは絶対にわからないと思っていた。

逆にわかるほうがビビる。

決して馬鹿にしているわけではないが、ミーアにそんな才能があったのかと驚いてしまう。

「イヴは？」

「え？　わかるわよ？」

「先言えよ……」

イヴが平然と答えたので、俺は思わず頭を抱えそうになる。もちろん、抱えてしまったら間違いなくイヴが尻から落ちることになるのでやらないが。

「いや、だってレイレイが案内する気満々だったから」

「それはそう」

というか、イヴは確か貴族の生まれだったか。

それならある程度教養はあるはずだし、地図ももちろん読めるだろう。

少し考えればわかることだったが、俺も奴隷のような扱いをされて頭が回っていなかったので思いつかなかった。

レイレイがイヴに地図を手渡し、俺に抱っこされたまま確認し始める。

「うん。わかったわ」

あまりの速さに、俺は驚いてしまう。

さすがはイヴだ……貴族出身は違うな……。

「さすがだなイヴ。んじゃ案内してくれ」

そう言って、俺はイヴを地面に下ろす。

すると、彼女は驚いた様子で俺に向かって叫んできた。

「なんで下ろす必要があるのよ！」

「だって抱っこされたままだと案内しにくいだろ？」

「指さしで案内できるわよ！　どうせ重かったからとかそういう理由でしょ！」

イヴは瞳を真っ赤にして怒っている。まったく、俺の抱っこにはあまり興味がなかったんじゃないのか？

「別にそういうわけじゃないっつうの。まあ、交代するにはちょうどいい時間だろ」

「ちょっとしかお姫様抱っこしてもらってないわよ！　ほんとちょっとしか！」

顔をぐっと近づけてきて、何度も抗議してくる。

ツンデレ娘には困らされてばかりだ。

「んじゃあ抱っこしてやろうか？」

「別にいい！」

「なんだよお前」

突然ツンデレのツンモードに入るイヴに、俺は困惑してしまう。

情緒大丈夫か。

「まあいいや。レイレイ来いよ」

すぐに思考を切り替えて、俺はレイレイに向かって手を広げる。

「わ、わかりました……！」

そう言って、俺はレイレイをお姫様抱っこしてあげた。

イヴがむすっとした表情を浮かべて、こちらを睨みつけているが、あまり気にしないでおこう。俺は生憎と女心なんてものがわからない男なんでな。

ともあれ、レイレイを抱っこしてみれば意外と軽い。

やはり女の子の体は神秘だ。

いや……なんかそんなことを考えている時点で犯罪臭がすごい。

ちょっと自分で考えていて恥ずかしくなってきた。

「……あたしのときより楽そうにしてる」

「ああ。確かにイヴより軽いかも」

「ぶち殺すわよ！　もう、これだからスレイは！」

悪いが、お前の正解がわからないよ。

ツンツンしすぎだお前は。

あと情緒大丈夫か。

「いいなぁ～私ももっと抱っこしてもらいたかったな～」

「ミーアはまた今度してやるからな。楽しみにしておけよ」

「やったー！」

羨ましそうにこちらを見るミーアが可愛かったので、そう言ってやった。それを聞いてイヴがまたむすっとしていたが、まあ彼女もまた今度抱っこしてやろう。

「いいやもう。みんな、こっちよ」

イヴが嘆息しながら、地図を持って先へと進んでいく。どうやら彼女の中で、色々と割り切れたようだ。

今となっては、周囲のエルフたちは慣れてしまったのかあまり興味を示していない様子だった。ある意味、このような形が浸透してしまったと考えると面白くなってくる。

「うふふ。お姫様抱っこっていいですね」

「そうなのか？　イヴは嬉しくて嬉しくて仕方ないようだったけど、レイレイも同じって感じ？」

「ちょっと！　何よその言い方！　別に嬉しくなんかないわよ！」

先頭を歩くイヴが瞳を真っ赤に光らせて怒鳴ってくるが、俺は気にせずレイレイを見る。彼女は少し考えるような素振りを見せるが、すぐに嬉しそうに笑う。

「わたしは嬉しいです！　でも、ごめんなさい。良い機会だからって調子に乗っちゃって……」

確かにこいつらは現在調子に乗りまくっている。俺が断れないのをいいことにやりたい放題していらっしゃる。

「いいよ別に。これくらいなら、いくらでもしてやるさ」

足を舐めるのとかは嫌だけど、抱っこくらいならいつでもしてやってもいい。彼女たちは俺の可愛い家族だしな。

「ふふふ。今日しかない……って思っていたのですが、それならもっと過激なことをお願いしても良かったかもですね」

「それは……勘弁してくれ」

これ以上過激なことをお願いされると、屈辱と羞恥心で俺が死んでしまう。

というか、彼女たちの考えることが想像以上に過激なものだと理解したから、本当に勘弁してほしい。

俺は冷や汗をかきながら、歩いて行く。

「しかし魔導具専門店なんて初めて行くな。どんな場所なんだろう」

俺のイメージだと変わった老人が変わった物を売っている感じだ。

そんな店の店主なのだから、不思議な人が出てきそうな気がするんだけど。

「怖い人じゃなかったらいいなー」

ミーアがそんなことを言う。

それは確かにそうだ。変わった人までなら別に構わないが、怖い人はもうこっちもビクビクとしてしまう。

下手なことは絶対に言えないから、俺が持っているこのタリスマンも買い叩かれても文句は言えない。

なんて考えていると、少しばかり怖くなってきた。

マジで怖い人だったらどうしよう。

どうにか預けたタリスマンを奪い取って逃げるか……いや、でもそんなことをしてしまったら紹介してくれたボタンに怒られてしまうな。

……仕方がない。

万が一のことがあったら諦めよう。

「怖い人だとしても大丈夫よ。全部スレイが対応するから」

「そうですね。犠牲になってもらいましょう！」

イヴとレイレイの視線に、俺は大きく息を吐く。

「お前らな……俺をなんだと思っているんだよ」

そもそも、俺はこの国では奴隷なのだから、そういう交渉は彼女たちがするものだろう。俺が前に出たら、それこそ買い叩かれてしまうような気がする。

「あ、あれね。そろそろレイレイも下りなさい」

そう言って、イヴが立ち止まった。

彼女が指さした方向を見てみると、確かに魔導具専門店らしき場所がある。看板は立っていないが、店の周りに魔導具が置かれているところを見ると確かに魔導具を扱っている店なのだろうというのがわかる。

俺はレイレイを下ろし、ぐっと伸びをする。

ずっと三人を抱っこしていたから、少し腰が痛い。

「やっとだな。さっきも言おうとしていたけど、店との交渉は俺じゃなくてお前らがやるんだからな」

嘆息しながら言うと、三人が驚いた表情を浮かべる。

なんで驚くんだよ。

「私たちがやるの!?」

「ええ〜なんか怖いんだけど」

「わ、わたしも少し怖いかも……です」

三人全員が嫌そうにしていた。

「俺は奴隷なんだから、普通に考えて無理だろ。んじゃあお前ら、三人でじゃんけんしろよ」

いつもならもちろん俺がするが、今回ばかりはどうしようもない。

彼女たちには経験として、やってもらうしかないだろう。

頭をかきながら、そんなことを言う。

「負けた奴がタリスマンを持って交渉しろよ。負け惜しみはなしな」

仕方なく提案したものだったが、三人はどうやら納得してくれたらしい。頷いた後、お互いに向かい合って拳を構えた。

「絶対勝つよ！」

「二人とも、ここは大人しく負けてちょうだい」

「か、勝ちますよ！」

というわけで始まったじゃんけん勝負。

誰が勝つのかと、俺は半ばワクワクしながら見ていたわけだけれど。

三人が構え、そして出した手は。

「パーだよ！」

「チョキ」

「チョキです！」

一発でミーアが敗北していた。

これほどまでの惨敗は久々に見たかもしれない。

「ええ！　嘘でしょ！　私がするの⁉」

ミーアが頭を抱えて唸る。

仕方がない。

そういう試合だったのだから、ここはミーアに対応してもらうことにしよう。

「ほらよミーア。ちゃんとタリスマン、持っとけよ」

「仕方ないなぁ」

タリスマンを受け取ったミーアは、嘆息しながら腰に手を当てる。

「なってしまったものは仕方がない！　ここは私に任せて、他の者はついてこい！」

なんて意気揚々なミーア。

なんか若干不安になってきた。というか、ミーアはこういう交渉系は得意そうには見えない。よくわからないまま売り払って、よくわからないまま買い叩かれていそうだ。

ここは彼女に耳打ちをするなりして、できる限りのアシストを試みてみるか。

「たのもー！」

元気よく扉を開けるミーアの後ろをついていく俺たち。

正直不安しかないが、しかしもうここまで来てしまった以上はどうしようもない。

こちらとしては何かある前提で動く以外に対処法はないだろう。

中はというと、壁一面に魔導具が並んでいて圧倒される。少し埃《ほこり》っぽさもあるが、品揃《しなぞろ》えは豊富そうに見える。

しかし、この数の魔導具は生まれて初めて見た。

もし叶うなら、一つずつどういう能力を持っているのか確認したいところではあるが、間違いなくできないだろうから諦めることにする。

ミーアが受付まで走って行く。

受付には誰もいない。多分、奥で用事でもしているのだろう。

「あ、呼び出しベルだ！　ちんっ！」

躊躇なくベルを押すミーア。

一つ一つの行動が不安で、俺の胃は痛くなってきていた。

こうなるなら胃薬でも持ってくるべきだったか。

「……大丈夫かなほんと」

俺は半ば不安になる。

イヴとレイレイと見つめ合うが、俺たちがミーアに押しつけたのだから文句は言えない。さて、俺たちは怒鳴られたくないから、外にでも避難しておこうかな。

「はいはい。ったく、少しは待ってくれないのかな」

奥から、パタパタと音が聞こえてくる。足音が近づいてきて、暖簾《のれん》をくぐって一人のエルフが出てきた。

「あれ？」

ミーアが不思議そうに首を傾げる。

それは俺も同じだった。

いや、イヴもそうだ。

緑の髪に青の瞳。華奢《きゃしゃ》な体躯《たいく》ではあるが、少し気は強そうに見える。

しかし……本当に、似ている。

『レイレイ』に、似ている。

俺はもちろん、何かの間違いかと思った。しかしながら、レイレイの過去を聞いた今となっては、本当に彼女なのではないかと考えている自分がいた。

ちらりと、レイレイのほうを見る。

彼女の目は、涙を湛えていた。

「ねえ……さん……？」

レイレイの声は震えてしまっている。

手だってそうだ。震えながら、件《くだん》の店主に近づいていく。

「……姉さん、ですよね？」

彼女と件の店主が向き合う。

お互い目を合わせ、しばらく見つめ合った。

「あんた……レイレイ？」

「ね、姉さん！」

店主から自分の名前が漏れた瞬間、レイレイは安堵したかのように強く店主を抱きしめた。涙を流しながら、ぎゅっと抱きしめている。

「ほ、本当にレイレイなの？　あはは……こんなこともあるもんだね」

店主は困り顔で、レイレイの頭を撫でている。

「本当に……レイレイの姉さんだったのか」

俺が思わず、そんなことを漏らすと店主が俺のことを見て目を丸くする。だが、すぐに敵意を湛えた目でこちらを睨めつけてきた。

「どうしてレイレイと一緒に人間がいるの？　あんた何者？」

「ああ……それは」

この反応は当然である。

ただでさえエルフは人間のことを嫌っているのに、レイレイの姉に関しては人間に襲われた経験があるのだ。俺を見て警戒するのは当然だ。

それに、大切な妹が人間と一緒にいるのだ。

立場が逆なら俺なら、咄嗟《とっさ》に人間を突き飛ばしてしまうかもしれない。

「あの！　この方はスレイさんと言って、わたしの家族なんです！」

レイレイが慌てた様子で言う。

「はあ？　本当に言っているの？」

「はい！　わたしの面倒をずっと見ていてくれて、いつも優しくて、とにかく家族なんです！」

説明というにはわかりにくいものであった。

しかし、店主はその言葉を聞いてしばらく考えた後、苦笑しながら頭をかく。

「ははは……信じられないけど、レイレイが言うならそうなんだね」

そう言って、店主がレイレイのことを撫でながら俺のことを見る。

どうやら……信じてくれたようだ。

警戒を解いてくれたようで、俺は安心する。

「私はここの店主をしているミンミン。そしてレイレイの姉だよ」

ミンミンさんは丁寧に自己紹介をしてくれた。

慌てて俺も頭を下げる。

「俺はスレイです。それと……」

俺が後ろにいるミーアとイヴに視線を移す。

「私はミーアだよ！　レイレイの家族！」

「あたしはイヴ。レイレイにはお世話になっているわ」

二人がミンミンさんに一礼する。

すると、彼女は朗らかに笑った。

「へえ～あんたたちがレイレイの家族か。スレイだっけ、敬語はいいよ。そういうのは苦手なんだ」

そう言って、ミンミンさんが俺に手を差し出してくる。

なんていうか……フランクな人だ。

話しやすいからこちらとしても助かるが、レイレイとは違う印象を受ける。

ただ、釣りの時にレイレイが言っていた話を思い出すと、確かにその通りだなとなった。

「私の妹がお世話になっているわ。どう、偉いでしょこの子？」

「ああ。とても良い子だよ」

彼女の手を握り、俺は頷く。

しかし、まさかこんなところにレイレイの姉さんがいるだなんて思いもしなかった。確か彼女はハンターに捕まって、そこからわからなかったんだったか。

「姉さん！　どうしてここにいるか聞いてもいいですか？　わたし……ハンターに捕まった後の姉さんを知らなくて……」

レイレイはもじもじとしながら、ミンミンさんに言う。

すると、ミンミンさんは少し嬉しそうにしながら笑った。多分、久々に妹と話すことができたのが相当嬉しかったのだろう。

「それもそうだね。あんたたちは多分、魔導具を買いに来たか売りに来たかなんだろうけど、ちょっと時間を貰ってもいいかな？」

「もちろんだ。せっかく再会できたんだからな」

もちろん、俺たちはレイレイとミンミンさんの時間を優先したい。

いくらでも話をしてもらっても構わないし、なんならしばらく泊まるのもいいと思う。

そりゃ……ミンミンさんと一緒に暮らすことだって構わない。

まあ……寂しくはなってしまうが。

俺たちは頷くと、ミンミンさんは嬉しそうに笑う。

そして、奥から椅子を人数分持ってきて置いてくれた。

「座ってね。この店、あんま人来ないから遠慮しなくていいよ」

というわけなので、俺たちはお言葉に甘えることにした。用意してくれた椅子に座り、レイレイとミンミンさんを見る。

「それで……そうだね。私がどうしてここにいるかってことだけど」

言って、ミンミンさんは苦笑する。

雰囲気からして、訳ありといった様子だった。

「色々と複雑なんだけどね。あんたたちも知っているかもしれないけど、私はエルフをターゲットにしているハンターにレイレイと一緒に捕まったんだ」

以前、レイレイと一緒に釣りをしてしたときの記憶を思い出す。そう、レイレイとミンミンさんは人間のハンターに襲われて捕まったんだ。

この話はイヴとミーアは知らなかったようで、初耳といった様子で聞いている。レイレイの性格からして、おそらく二人には伝えていなかったのだろう。

彼女はやはり、気を遣ってしまうところがあるからな。

俺に言ったのも、かなり勇気が必要だったと思う。

「あのときは大変だったよね、レイレイ？　本当に死ぬかと思ったよ」

「本当ですよ姉さん……」

ミンミンさんは軽く話すが、レイレイはそれに対して困ったような表情を浮かべている。彼女はレイレイの姉ではあるが、語り口からしてレイレイとは全く違う。レイレイからは変わった姉だと聞いていたが、どこか飄々《ひょうひょう》としている様子を見ると嘘ではなかったようだ。

「あのとき、姉さんがわたしを守ろうとしてくれたことを今でも覚えています」

「そうだっけ？　私、できた姉だからそんな当然なこと覚えていないなぁ」

「もう……！　姉さん……！」

ケラケラと笑うミンミンさんを見て、俺も面白くて笑ってしまう。

本当にあの真面目なレイレイが姉に振り回されてしまっている。きっと、二人で暮らしていたときもこんな感じだったんだろうな。

この様子から、かなり想像できてしまう。

なんだか見ているだけでほっこりするな。

少しばかりこの光景を見ていて、羨ましく思ってしまった。

「そう。それで、私とレイレイは離れ離れになってしまった。人間の貴族に売り払われたんだけど……ちなみにレイレイはどうだったの？」

ミンミンさんは優しい、姉の目でレイレイに尋ねた。

「わたしは……奴隷として商品になりました。色々とあって訳ありの奴隷になってしまって、最終的にダメダメな奴隷商であるスレイさんに引き取られました」

そう言うと、ミンミンさんは目を細める。

「ダメダメな奴隷商？　え、あんたって奴隷商だったの？」

当然の疑問だ。

俺だってそんな単語が出てきたら聞き返すだろう。

「それは……そうだ。元だけどな」

少し言葉に詰まってしまう。きっと、ミンミンさんは奴隷商と聞いてあまりいい顔をしないだろうと思ったからだ。

なんせ、仮にも自分の妹であるレイレイを商品として扱っていたのだから。

これに関して言えば、何も否定できない。

もちろん、俺も言い訳をするつもりはない。

彼女にはハッキリと伝えるべきだ。

それを察してか、レイレイが慌てて訂正する。

「違うんです！　スレイさんは……わたしに家族のように接してくれていました。美味しいご飯だっていつも用意してくれていました。奴隷商と言っても……正直売る気なんてなかった優しい人なんです」

「そうなの？」

レイレイの説明に、ミンミンさんが訝《いぶか》しんだ様子で聞いてくる。

なんて彼女は優しいのだろうか。

言い訳なんてできないのに、俺のことを庇《かば》ってくれるだなんて。

「そうなんだ。奴隷商と言っても、レイレイを売る気なんてなかった年中赤字まみれの零細奴隷商人だったよ」

そう言うと、ミンミンさんは手を叩きながら爆笑した。

相当おかしかったのだろう。それもそうで、奴隷を売る気なんてない奴隷商だなんて馬鹿げた存在だからだ。

「へぇ～！　てか、あまり想像できないんだけどスレイはどんなご飯を出していたんだい？　ほら、やっぱり妹が美味しいって言っているご飯は気になるじゃないか」

ほほう。いい質問をしてくれるじゃないか。

俺の得意なものと言えば料理なので、そういう質問をされると嬉々《きき》としてしまう。

「カレーかな。スパイスにこだわったカレーを作るのが好きだったんだよ」

すると、ミンミンさんはまた面白おかしそうにする。

「ははは！　あんたってスパイスカレーにこだわる男なんだね！　ほら、スパイスカレーにこだわる男はやめとけって言うでしょ？　なんかあれだね、ダメダメなところがちょっと出ているね」

「……あは」

俺は聞いていて、涙が出そうになっていた。

そうか……スパイスカレーにこだわる男って女性からそう思われているんだな。

まあ確かにそうか。スパイスカレーにこだわっている時点で、なんか面倒くさい相手に見えるよな。

うん、そうだよな。あはは。

よーし、死ぬか。

今なら前向きに死ねそうだ。

「スレイは面倒くさくないよ！　ねぇイヴ！」

ミーアが間に入って、訂正してくれる。

突然振られたイヴも困りながらではあるが。

「まあそうね。多少面倒くさいけど、いい人ではあるわよ」

おい、こいつフォローしているつもりなんだろうが、しっかり「面倒くさい」って言いやがった。

その軽い一言が人の心を傷つけているんだぞ。

自分が自覚してないまま他人を傷付ける行為ほど悲しいものはないんだからな。

もう俺は泣きそう。

「本当か～？　でもそうだね、あんたは悪い人じゃなさそうだ」

「ははは……そう言ってくれて嬉しいよ」

胸を押さえながら、俺は答える。

もう胸が痛くて痛くて仕方がないが、まあ俺のことを信頼してくれたと思えば別にこれくらいどうってことはない。

「話を戻すわね。それで、私は人間の貴族に売り払われて少しの間貴族の家にいたんだ」

ミンミンさんは頬をかきながら、苦笑する。

「まあ……すぐに出て行ったんだけどね」

「すぐに解放されたんですか？」

レイレイがそんなことを聞く。

けれど、それは当然である。貴族の家に売り払われたということは、おそらくは奴隷として行ったんだろう。

けれど、そういう者はすぐに自由の身になれたりはしないものだ。

その貴族が必要なくなっても、奴隷というものは別の誰かにすぐに売り払われたりする。となると、ミンミンさんは訳ありのようにも思えた。

「それが……貴族をボコったら『もう出て行ってくれ！　だから殴らないでくれ～！』って懇願されちゃってさ」

「ボコったんですね……姉さんらしいです……」

すごいな。人間の貴族をボコったのか。

人間とはいえ、貴族は魔法が得意な者が多い。そんな彼らをボコって自由の身になるだなんて、なかなか相当なことだ。

意外と、レイレイの姉はパワー系なのかもしれない。

でも確かにエルフは魔法が得意らしいから、貴族程度はどうってことないかもな。

実際にレイレイの魔法を見ていると、そう思うほかない。

「いや～私もびっくりしたよ。意外に人間ってか弱いんだね」

そう言って、ミンミンさんが俺のことを見てくる。

待ってくれ。怖すぎるんだが。

もう俺のこと殺す気満々じゃん。

そんなか弱い下等生物を見るような目で見ないでくれ。

「なんで俺を見るんだよ。やめてくれよ」

「冗談だって～！　冗談冗談！」

本当だろうか。

しかし、俺がもしも変なことをしたらすぐにでも殺すことだってできるんだぞっていうお達しのようにも見えた。

怖すぎる。もうレイレイには下手なことは言えない。

俺は半ば震えながら、レイレイに生暖かい目線を送った。

あ、めっちゃ嫌そうな顔してる。

「そんなわけで自由になった私は、風の噂でアリビア男爵領にエルフの国があるって聞いてさ。人間がいるところで働けるわけもないから、第三村のボタンっていう村長の紹介で最終的にここに流れ着いたってワケ」

「そうだったんですね……」

レイレイは深く頷く。

しかし、なるほど。

ミンミンさんはそういう流れでボタンと知り合ったのか。だからボタンはミンミンさんのことを知っていたわけだな。

「でも……姉さんが元気そうで安心しました。まさか魔導具専門店の店主になっていただなんてびっくりです」

「え？　もしかして似合わないって思った？」

おどけながらミンミンさんが言うと、レイレイは首を振る。

「らしいなって思いました。だって、店の商品……埃被ってますし」

言いながら、レイレイは周囲の魔導具を見る。

俺も倣って見てみるが、確かに埃が被ってしまっていた。

「ああ～！　雰囲気とか大事じゃん？　魔導具って埃被ってたほうがそれらしくて良くない？」

「言い訳ですね」

「バレたか」

ミンミンさんは頭に手を当てて、くすりと笑う。

その様子を見て、レイレイは仕方なさそうにため息をついた。どうやら話の通り、レイレイの姉は相変わらずのようだ。

確かにこれじゃあ、真面目なレイレイは困ってしまうだろうな。

「まあでも、生活はできているからね。意外と私、鑑定士としても商人としても才能があるっぽいし」

「そうですね。実際、姉さんは魔導具とか好きでしたからね」

「お金はないから、本で見るだけだったけどね」

言いながら、ミンミンさんはパンと手を叩く。

「それで、今日はどういったご用で？　なんか用事あるんでしょ？」

ミンミンさんの目が商人の目になるのがわかった。

俺は立ち上がり、ミーアに視線を移す。

「えっとね！　このタリスマンを鑑定してほしかったんだ！」

ミーアは元気よく、タリスマンをミンミンさんに手渡す。ミンミンさんはタリスマンを見て、少し驚いたような表情を浮かべた。

「これは……びっくりだね。かなり質の良いものだ」

ミンミンさんはポケットからメガネを取り出し、興味深そうにタリスマンを覗き込む。

どうやら専門である彼女から見ても貴重なもののようだ。

「すごく精巧に作られている。古い代物ではあるが、作り手の技術も相まって古さを感じない」

「そんなにすごいものなんですか？」

レイレイの質問に、ミンミンさんは何度も頷く。

「かなりだよ。貶《けな》しているわけじゃなくて、あんたたちのような一般人が手に入れられるような代物では決してない」

真剣な様子からして、かなりの代物のようである。

しかし……あまり想像できないな。俺たちは海水浴場付近にあった洞窟から取ってきたわけで。もちろん期待していなかったわけではないが、心のどこかでたいしたものではないと思っている節もあった。

「しかしこの紋章……すごいね。あんたたち、これをなんだと思ってたんだい？」

その問いに俺たちは首を傾げた。

少し考えた後。

「えっと……ただのお守り的なものだと思ってたんだけど……違うのか？」

「他のみんなもそう思っているの？」

ミンミンさんがミーアたちのほうを見る。

「お守りじゃないの？」

「あたしもお守りだと思ってたんだけど……」

「そうですね……何かバフ系の能力が備わっているとか？」

彼女たちの答えに、ミンミンさんは首を振る。

「違う違う！　お守りはお守りなんだけど……これ。王家のものだよ。この紋章見たことない？」

そう言って、ミンミンさんはタリスマンを見せてくれる。

けれど……俺は王家の紋章なんて見たことがない。そりゃある程度教養がある人間ならわかるだろうが、生憎と俺はそこまでの勉強はしていない。

まあ……一般常識だぞって言われたら何も言えなくなるが。

「私も知らないかも！」

「あたしも。だって人間の王家の紋章だなんて、興味ないわよ」

「……恥ずかしながらわたしもです」

三人も俺と同じようだ。まあ、彼女たちは魔族なわけで人間の王家の紋章だなんてなおさら知らないだろう。

「やれやれだね。けれど、君たちが知らなくても大衆はこれを知っている。それほどまでに貴重なものだよ」

言いながら、ミンミンさんはタリスマンを見る。

「おそらくは数百年前の代物だね。貴重なヴィンテージものだよ」

数百年前の代物……あまり想像できないな。

数年前とかだと実感できるかもしれないが、単位が百を超えてしまうと、もう自分の頭じゃ実感できない。

ただまあ、途方もない年月をこのタリスマンは過ごしていたんだなとは思うが。

しかし……そんな貴重なものを俺は手に入れてしまったのか。

「ちなみに、これをどこで手に入れたんだい？」

その問いに俺は答える。

「地名とかは知らないんだけど、アリビア男爵領内の海水浴場付近の洞窟で手に入れたんだ」

「なるほどね。多分、昔の名残だね。アリビア男爵領って海に面しているから、昔は他国との貿易をする際の港として使われていたりしたんだ。今はもう放置されるようになって、環境が悪化し、現在に至るって感じだけどね。そんなわけで、おそらくその時代のものだろう」

アリビア男爵領って昔はそんな場所だったのか。

生憎と俺はまともに勉強をしたことがないから、過去の歴史なんてものは知らない。けれど、その話を聞いたらあの場所に王家のタリスマンがあることにも納得はいく。

「ちなみに……それ売るとしたらいくらになるんだ？」

本題である。

俺たちはこのタリスマンを売りに来たわけで、値段に関してはもっとも知りたい事項である。

聞くと、ミンミンさんは目を丸くした。

「売るの⁉　これを⁉」

かなり驚いている様子である。まあ、そこまでの代物を簡単に手放す人間なんてあまりいないだろうしな。

「俺はそういうのには興味ないんだ。それなら、せめてお金にして生活の足しにしたい」

「ほ、本気で言っているの？　他のみんなもそう思っているワケ？」

動揺しながらミンミンさんは聞く。けれど、ミーアたちも俺と同意見なわけで、彼女たちはこくりと頷く。

「マジか……でもありがたいなぁ。こんな貴重なものを仕入れることができるだなんて、私の店もこれをダシにかなり繁盛するかも……」

そう言って、ミンミンさんはくつくつと笑う。

まさに商人の目をしていた。

レイレイの姉とはいえ、仕事にしているだけのことはある。

ミンミンさんは深く頷いたかと思えば、俺に向かって人差し指を立てた。

「買取額はこれでどう？」

「えっと……金貨一枚とか？」

「違う、千枚」

「千……千⁉」

俺は思わず大きな声を出してしまう。

いやいや、待ってくれ。金貨千枚って相当だぞ。

「スレイ？　金貨千枚ってすごいの？」

ミーアが首を傾げる。

いやいや、首なんか傾げている場合じゃないぞ。

「あのなミーア。金貨千枚っていうのはな……家が建つ。しかもいい感じの家が建つ」

「え！　マジか！」

ミーアが口を開けて驚く。それくらいヤバいのだ。

やけにイヴとレイレイが静かだなと思い、彼女たちのほうを見ると、彼女たちは彼女たちで口を開けたまま愕然としていた。

「う、嘘……金貨千枚って……嘘……信じられないわ……」

「姉さん！　そ、そんな額貰っていいんですか⁉」

イヴは愕然としたままであるが、レイレイは慌ててミンミンさんに尋ねる。それもそうで、金貨千枚だなんて普通の店が出せるような金額じゃない。

「大丈夫大丈夫！　この店の金庫の中から全部持ってくれば、多分足りると思うよ！」

「そ、そういう問題ではなくて！」

この小さな店にそんな額があるのは驚きではあるが、しかしレイレイの気持ちもわかる。店の全財産を出すなんて真似をしたら、下手すれば店自体が危うい。

もしもこれが安価なものだった場合は、赤字どころの騒ぎではないだろう。

「安心して。このタリスマン、買取額の三倍……頑張れば五倍くらいの価格で売れるやつだから」

三倍から五倍って……そんな額が動くだなんて、俺たちはいったいどんな物を持ち歩いていたんだ。

しかも、持ち歩き方と言えば俺のポケットに突っ込んでだぞ。

うわ〜怖。

俺そんなものをポケットの中に入れていたのか。

万が一盗賊だとかにその情報を握られていたらと思うと、ゾクゾクする。

「そんなわけで！　ちょっと待っててね。お金持ってくるから」

「あ、ああ」

奥へと行くミンミンさんを見届けた後、俺たちは顔を寄せて集まる。

「千枚って……ヤバいな。どうするよこれ」

「なんでも買えるんだよね！　家買おう家！」

「家は建てるとして……余ったら服とか買っていい？」

「わ、わたしは魔導書とか欲しいです！」

三人が各々興奮気味に喋《しゃべ》る。

「よし。家は建てよう。余った額は好きに使っていいぞ」

そう言うと、イヴとレイレイは嬉しそうに笑う。

しかしまあ、ここでお金を貯めておこうという判断にならない辺り俺たちは貧乏人だ。やっぱりお金はあればあるだけ使ってしまうんだよな。

過去を振り返ってみても、貯金をできたためしがない。なんなら、貯金どころか俺なんて借金でマイナスだったわけだし。

なんていうか、人間というものは愚かだ。

まあそういう人間らしいところがある自分たちのことが、なんやかんやで好きではあるのだが。

「よいしょっと。おまたせ」

ミンミンさんが帰ってきたようで、かなり大きい袋を持ってきて床に置いた。大きさはというと……胸の前で腕を使って円を作ったくらいだ。

「かなり重いよこれ。出してきたはいいものの……持てる人いるかな？」

「私が持てるよ！　これくらいなら任せてよ！」

ミーアが元気よく手を上げる。

そして、袋を軽々と持ち上げてみせた。

さすがは獣人である。背丈は小さいものの、力は人の何倍もあるだろうからな。

「大丈夫そうだね。それじゃあ、このタリスマンはしっかりと買い取らせて貰うよ」

ミンミンさんはそう言って、サムズアップをする。

さて、これで今回の目的は完了だな。

「よし。それじゃあ、俺たちは行くか。みんなもいいよな？」

俺が聞くと、三人は何度も頷く。

もう目はキラキラと輝いていて、さながら夢に満ち満ちた少女のようである。

まあ、その目が輝いている理由が大量のお金っていうことを考えてみると、甚《はなは》だ少女と言うのは憚《はばか》られてしまうが。

「レイレイも……いいんだな？」

「はい！　わたしは大丈夫です！」

「そっか」

一応、レイレイには念押しで聞いておいた。久々の姉との再会なのだ。もう少し一緒にいたかったりもするだろうと思ったわけなんだけれど。

それに……俺たちより姉さんといたい気持ちもあったりするだろう。

俺たちはその気持ちを優先したいし、なんなら喜んで祝福する。

しかしレイレイはミンミンさんのほうに駆け寄って、ぎゅっと両手で彼女の手を握った。

「姉さん！　また会いましょう！」

ミンミンさんは驚いたのか、少し口を開いていたがすぐに笑顔になった。

「また会いに来てね。レイレイ」

「はい！」

そう言って、レイレイがこちらに戻ってきた。

満足そうな表情を湛え、金貨を見て嬉しそうにする。

「さぁ帰りましょう！　今日は美味しいものを食べますよ～！」

楽しそうにするレイレイを見て、俺たちは深く頷く。

少しだけ嬉しい気持ちもあった。

彼女がこうして、俺たちのことを選んでくれた事実に安堵している自分がいた。

言葉にするのは憚られるけど、そういう気持ちを抱いてしまった。

「ああ！　そうしようぜ！」

俺が笑顔で答えると、ミーアとイヴも嬉しそうに答える。

「美味しいご飯～！」

「今日はご馳走《ちそう》ね！」

わいわいと騒ぎながら、俺は店の扉に手をかけた。

ふとレイレイが後ろに振り返って、ミンミンさんに向かって手を振っていた。

それに対し、ミンミンさんも笑顔で手を振っている。

でも……本当に良かった。レイレイがこうして姉さんと再会することができて。

俺も少しは安心できるかもな。

レイレイと約束したことを死ぬまでには叶えたいと思っていたが、案外早く解決してしまった。

けれど……約束を守ることができて安心だ。

もしも約束を守ることができずに死んでしまったら、後悔したまま成仏できなかったことだろう。

「よし！　我が家へ帰ろう！」

そう言って、俺たちは元気よく外へと飛び出した。

◆◆◆

「……なんでしょうか。この騒ぎは」

一人の女が、とある店の前で立ち止まった。

その女はすらっとした体躯に、高い身長。落ち着いているとも取れるし、中身が想像できないとも取れる不思議な雰囲気を纏《まと》っていた。

素肌を隠した修道女のような服装を身につけた女は、冷静沈着といった四字熟語に相応しい表情を見せて、人だかりができた店を眺める。

エルフの国というのもあって、人だかりと言ってもエルフばかりである。

女の耳はフードに隠れているため見えないが、少なくともエルフではない。

ともあれ、女は人だかりに近づいていき聞き耳を立てた。

「おいおい！　この店に超レアなタリスマンが入荷したらしいぞ！」

「値段高すぎるだろ。こりゃ物好きな貴族か成金が買うやつだな」

どうやらタリスマンが入荷しているようだった。

しかしタリスマンが高値で売買されているのはあまり見たことがない。最近のものではなく、いにしえの時代のものといったところだろうか。

少し気になった女は、近くにいたエルフに声をかける。

「そんなに珍しいタリスマンが入荷したのですか？　いったいどんなものなんでしょうか？」

女の淡々とした声に、声をかけられたエルフは一瞬訝しむものの、すぐに答えた。

「ああ。どうやら数百年前の王家のタリスマンらしいぞ。しかし、持ってきた奴らも珍しい存在だったらしいぜ。やっぱ普通じゃない奴らがそういうのを持ってくるんだろうな」

王家のタリスマン、という点にはあまり女は興味を示さなかった。

そもそも高値で取引されている時点で、それくらいのことなのだろうと想定はできていたからだ。

あくまで彼女が聞いたのは多少の知識欲を満たしたかったからである。

それよりも、女は『珍しい存在』という言葉に興味を示した。

「……いったいどんな方たちが来たんですか？　ご存じであればお伺いしたいです」

「ええ？　悪いな。どんな奴って言われても、そこまでは知らないんだよな――」

なんて言葉をエルフは返した。

それで会話は終わらせる予定だった。

「……わかった！　だからそんな目で見るなって！」

エルフは女の目に怯えていた。

いや、気味が悪かったとも言える。

自分の全てを覗き込むような瞳に、彼は怯えてしまっていたのだ。

「ちょっと！　そこのお前！　ここに来た珍しい奴がどんなのだったか教えてくれないか！」

エルフは慌てて近くにいた女エルフに尋ねる。

「え？　確かオッドアイの獣人がいたとか……？」

突然声をかけられたのものだから、女エルフは困惑しながら答えた。

「らしいぞ！　そ、それじゃあな！」

男のエルフはそう吐き捨て、慌ててその場から離れる。

取り残された女は一人たたずみ、空を見上げる。

「オッドアイの獣人。そうですか、そうですか。なんてことでしょう」

そう言って、女は急ぎ足で歩き始めた。

第三章

CHAPTER 3

「こいつは……すげえな！」

大量のお金を手に入れた俺たちは、第三村に戻って早速自宅の建て替えを伝えた。

もちろん、限界までお金をつぎ込んだわけで、ボタンには最高の豪邸が完成するようにお願いしておいた。

そして、一ヶ月ほどが経過した。

「新しい家だぁぁ！」

「す、すごいわねこれ！」

「わぁぁ！　豪邸ですね！」

みすぼらしいボロ小屋は影も形もなく、俺たちの目の前には二階建ての豪邸が建っていた。小屋が建っていた森の中のスペースを使用したため、敷地の広さも確保できたことから庭もかなりのものだ。

「いや……しかしこんな家が一ヶ月程度で建つとはな……」

俺は家というより建築速度に一番驚いていた。

大体一軒家を建てるには一年ほどかかるというのが目安であるのだが、どうやらボタンが魔法や魔導具を駆使する一流の職人を用意してくれたようで、それも相まってこのような建築速度を実現することができたらしい。

恐ろしいな職人とやらは。

「中入ってみようぜ！」

俺が指をさして促すと、彼女たちは何度も頷く。

庭に入って、俺たちは走りながら進む。

庭というのはあまり走る余裕なんてないものだが、しかしここの庭は走ったところですぐに端に到達することはない。

家の入り口までやってきた俺たちは、ドキドキしながら扉を開いてみた。

「うわ！　広っ！」

二階建ての建物は、中もかなりの広さだった。

部屋を探検するだけで一日が終わってしまいそうなんてところまではいかないが、けれどもそう思ってしまうくらいにはドキドキしている。

俺たちは中に入り、キッチンやリビング、寝室などを見ていく。

もちろん、家を建てるに当たって家具も新調しておいた。キッチンの魔導具は最高のものだし、リビングにあるソファもふかふかだ。

寝室も人数分ある。

もうミーアの蹴りを食らって目が覚めることもないだろう。

「ベッドもふかふかだぁ！」

寝室に入るなり、ミーアがベッドに飛び込んだ。

体が当たった瞬間にぽよんと跳ねて、見ているだけでふかふかなのがわかる。

「いいわね本当に！　あたしたちも出世したわね！」

イヴが目を輝かせながらそんなことを言う。

確かに、この光景を見ていると我ながら成長したなと思う。

だって、借金取りから逃げる以前の家だって平屋で決して豪華なものじゃなかった。それにアリビア男爵領に来てからの家なんて、本当にただのボロ小屋だった。

そう考えてみると、確かに出世したなと言える。

「で、でも……少し寂しいですね。寝室が分かれてしまったということは、スレイさんと一緒に寝られないというわけですから……」

レイレイが悲しそうにすると、それにミーアも反応する。

「確かにスレイと寝られないいじゃん！　それは嫌だな！」

ミーアも全力で首を振っていた。

「いやいや……別に俺と一緒に寝なくてもいいだろ」

彼女たちも年頃の女の子なんだ。やっぱりそういう年頃になると、男がいない自分だけの部屋が欲しいものだろう。

何より俺が嫌だ。

女の子と一緒に寝るのもあれだし、なによりミーアに蹴り起こされるのが嫌だ。

それが一番嫌かもしれない。

「……まあ、少し寂しいかもね」

思春期代表とも言えるイヴもそんなことを言った。

ええ……そこまでのものなのだろうか。

俺なら自分の部屋ができたら、嬉しくて嬉しくて仕方がないのだが。

なんたって、自分だけの城だぞ。何をしたっていいわけで、俺ならもうずっとゴロゴロしている。

「んじゃあ……一緒に寝てもいいぞ。ただし、ベッドに四人も寝られるわけがないから、日替わりで一人ずつ交代な」

そう言うと、三人は目を輝かせる。

「ほんと？　やったー！」

「ふん。ありがと」

「嬉しいです！」

どうやら満足してくれたようだ。

しかし彼女たちは変わっているよな。俺のことが好きなのは理解しているが、俺と一緒に寝たいだなんて。

まあ、そういうところも可愛いものではあるのだが。

「ともあれ、俺たちの家も完成したわけだし。せっかくだからのんびりしようぜ――」

なんて言おうとしたときのことだった。

――バンバン！

どこからともなく、扉を叩く音がした。おそらくは玄関からなのだろうが……しかしいったい誰だろうか。

「ボタンかな」

ボタンなら、改めてお礼を言わなければならない。

しかし……ボタンに限ってノックをするだろうか。

彼女のことだから、躊躇なく扉を開いてきそうではあるが。

まあ彼女も配慮してくれるようになったのかもしれない。

「ちょっと見てくるわ」

「あたしもついてくわ」

「わ、わたしも！」

というわけで、俺とイヴとレイレイで玄関へと向かうことにした。

ミーアはもう少しベッドのもふもふを楽しんでから来るらしく、彼女は待ってもらうことにする。

玄関まで向かい、俺は扉を開いた。

そこには、ボタンでも俺の知り合いでもなく、知らない女性が立っていた。

フードを被っているから顔も見えないし素肌も見えないといった感じで、もう怪しさ満点といったところである。

「……ええと、どちら様でしょうか？」

しかし、俺の問いに女性は答えてくれない。

「あのさ、どちら様って聞いているんだけど。聞こえているかしら？」

「失礼ですが……答えてくれないとわたしたちも困ります」

イヴとレイレイが警戒しながら尋ねるが、それでも女性は何も言わない。

ただ俺たちの前でじっと立っているだけだ。正直気味が悪い。彼女が何を考えているのかがわからないからだ。

「ちょっとあんた、なんとか言いなさいよ――!?」

レイレイが女性の肩を掴もうとした瞬間のことだった。

女性は素早い速度でイヴの手を振り払い、そのまま接近してイヴを投げたのだ。背中から落下したイヴは、悲鳴を上げてそのままうずくまった。

「イヴさん！　ちょっとあなた――っ！」

レイレイが慌ててイヴを助けようとするが、女性によってすぐに投げ飛ばされて苦痛を呈していた。

「お、おい……おいおいおいおい！」

あのイヴとレイレイがものの数秒で無力化されたのだ。

到底俺が敵う相手ではない。

俺は脳内で何度も逡巡するも、生き残る術《すべ》が何も思いつかないでいた。このままでは全滅は避けることができないだろう。

「クソ……せめてなんか喋ってくれよ気味が悪いな！」

俺は下手くそに拳を構えて、女性と相対する。

あまりにもダサいファイティングポーズではあるが、これが精一杯なのだから仕方がない。

俺には一切勝算はないが、今はもう戦うしかないだろう。おそらく数秒後には無力化されてしまっているだろうが、とにかく戦うしか選択肢は残されていない。

「どうしたのみんなー？」

背後からそんな声が聞こえてくる。

振り返ってみるとミーアだった。

同時に俺は冷や汗をかく。

このままでは間違いなく俺たちは全滅してしまうのだ。せめてミーアだけでも生き残れば第三村に助けを求めることができただろうが……もう無理だろうな。

「ええ!?　みんな倒れてる!?　本当に何があったの!?」

ミーアが慌ててこちらに駆け寄ってきて、あわあわとしながら悲惨な光景を見る。

俺の脳内はもう「終わった」という文字列で埋め尽くされていたわけなんだが、しかし不思議なことが起こった。

「お探ししておりました、神の子よ」

突然女性がミーアの前で跪き、低い声音でそんなことを言ったのだ。

「……どういうことなの？」

「いたた……いったいなんですか……？」

倒れていたイヴとレイレイが立ち上がり、目の前に広がっている異様な光景を訝しむ。それは俺も同じで、状況が飲み込めずにただ黙っていることしかできなかった。

「ええ？　神の子ってどういうこと？　というか、誰？」

ミーアが首を傾げる。

不思議そうにしているが、けれども女性は跪くのをやめない。

女性は顔を上げたかと思えば、おもむろにフードを脱いだ。

「大変失礼いたしました。私はミレーと申します。異瞳教《いどうきょう》という宗教組織の代表を務めている者です」

ミレーと名乗った女性の頭には、獣の耳が付いていた。おそらくは彼女もミーアと同じ獣人なのだろう。

それに……首や手にタトゥーが入っている。

少なくとも一般人ではないのは確かだ。

しかし異瞳教……聞いたことがない名前である。

と言っても俺は宗教組織なんて詳しくないから、知らなくても当然とも言える。だが……どうしてそんな人がここに来ているんだ。

それに、神の子って。

「えっと……それじゃあ、神の子って？」

俺が尋ねる前に、ミーアが聞いた。

すると、ミレーさんは深く頷く。

「あなたのその瞳――オッドアイは救いなのです。ええ、獣神書にもある通り――神が産み落とした救いであるのです」

熱心にミレーさんは語るが、それを聞いても俺たちは首を傾げる他なかった。獣神書というと、おそらくはその宗教に関係する書物なのだろうが。

けれど、ミーアの瞳は獣人の中では呪いだと言われていたはずだ。恐れられていたわけで、ミーアの口からは崇められていただとかそんな話は聞いたことがない。

「私の瞳が？　うん？」

ミーアは腕を組んで小首を傾げる。

どうやら何を言われているのかわかっていない様子だ。本当……そういうところはマジでミーアだよな。

「悪いが、俺の話も聞いてくれないか。その異瞳教ってやつはどういう宗教なんだ？　ミーアが神の子って……よくわからないんだが」

向こうが俺たちに対して攻撃を仕掛けてきたのだから、敬語で接する必要はないだろう。こちらも警戒態勢で挑む必要がある。

「私たち異瞳教はオッドアイを崇めているのです。オッドアイをもつ獣人は神が産み落とした子であると、救いであるとしているわけなのです。ああ……しかしあなたはミーアというお名前なのですね。なんと美しい……あなたと出会えて良かった……私は感激であります」

なんだこの人は……まだ彼女の全貌が掴めていない。

俺は頭をかきながら嘆息をする。

「わからないけれど、あなたはどういう目的で来たの？　ただ事じゃないようにあたしには見えるんだけれど」

「そ、そうです。なんと言いますか……突然訪ねてこられて、そんなことを言うだなんて、少し異常ですよ」

異常。

確かにその通りである。突然訪ねてきたかと思えば、挨拶もしないどころか攻撃を仕掛けてきたのだ。異常な行動というのに相応しい。

犯罪行為とも言えるわけだから、通報されてもおかしくはない。

けれど、彼女はその言葉にあまり反応はしない。

「まあ……そうですね。確かに異常かもしれません。なので、少し親睦を深めるといいますか、会話をしてみるのがいいかもしれませんね」

そう言って、ミレーは腕を大きく広げる。

正直話があまりにも突飛で理解しきれていないのだが、しかし指摘したところで俺は何もできないだろう。

おそらくはここにいる全員、ミレーに勝てるわけがない。

「あなたのお名前をお伺いしてもいいでしょうか？　せっかくですしね？」

正直、このような怪しい人に名乗るのは怖いが……下手なことを言えば何が起こるかわからない。

大人しく名乗ることにするか。

「俺はスレイだ。吸血鬼の子がイヴで、エルフがレイレイ。で、ご存じの通り獣人がミーアだ」

「とても素敵な名前ですね。素晴らしいと思いますよ」

言いながら、ミレーは頷く。

「それでは一つ教団の説明を少し。まず、私が代表を務めている異瞳教はかなり大きなものです。ご存じない……と言われたら残念ではありますが、助けを求めていない人々にとっては知らないのも当然のことでしょう」

ミレーはくつくつと笑いながら、そんなことを語る。

俺としては話なんていいから、今すぐに出て行ってもらいたいところではあるが、けれども彼女を無理矢理追い出すなんてことは力関係的にできないのはわかっているので大人しく聞くことにする。

俺と三人は目を合わせ、大きく息を吐いた。

「こちら、教会や熱心な教徒たちの写真になります。これを見れば、どれほどのものかは察することができるのではないでしょうか」

ミレーが写真を手渡してくる。

というか、写真なんて初めて見た。話には聞いていたが、確か写真なんてかなり高い魔導具がないと生み出せないものだったはずだ。

そんなものを持っている時点で、おそらくは彼女が言っている通りかなり大きな教団と見ていいだろう。

少なくとも、第三村とは比較にならないものだろう。

「かなり大きな教会だな……」

写真に写っている教会を見て、思わずそんな言葉を漏らしてしまう。

まるで王宮の住まいのようにも見える教会には、数多くの教徒の姿も写っていた。それはもう数え切れないほどの人数がいるように見える。

「異瞳教は数千もの信者がいまして、数多くの者たちが熱心に努めています」

確かにその通りのようだ。

微かに見える信者の表情は、真剣そのものである。

「しかしまあ、こんだけ信者がいれば金もたっぷり入ってくるんだろうな」

ハッキリと嫌味を言ったのだが、ミレーは鼻で笑うのみで全く効いているようには見えない。

「不粋なことを聞きますね。私は一〇〇％の善意のもと、活動しておりますよ」

「善意、ね」

俺は写真をミレーに手渡し、嘆息する。

「善意だとか言うけれど、あたしとしては正直信じられないわね。あたしたちに暴力を振るう時点で、善意だとかそういうものを口に出すのはどうかと思うわ」

イヴはミレーを睨めつけて言う。

鋭い指摘ではあるが、ミレーは動じない。

「私が興味をもっているのはミーア様ただ一人なわけでして、それ以外の者に善意をもって接する理由なんてありませんからね」

言いながら、ミレーはくすりと笑う。

「宗教組織らしく、救いの手を差し出したほうが良かったですか？　安心してください。神は等しく、あなたたちがどんな者であろうが救いの手を差し伸べてくれます。なんせ、神は慈愛に満ちていますからね」

そう言いながら、ミレーは手を差し出してくるが、俺たちは応じることはない。

「馬鹿らしいですね。人を見下している感がだだ漏れですよ」

レイレイは突き放すように言う。

「あら。もしかしてお怒りになってしまいましたか。ダメですよ、すぐ怒ってしまうのは。人生に余裕がない証拠です」

この女はいちいちこちらに喧嘩を売らなければ喋ることができないのだろうか。俺は頭をかきながら、どうしたものかと思う。

ただ雑談をしに来ただけなら、早く帰っていただきたいところなのだが。

「まあ、親睦を深めるのはこれくらいでいいですかね」

「親睦を深めることができたなんて思えているあたり、お前の頭は幸せだな」

「ええ。幸せですよ。なんせ、神を信じていますからね」

ミレーはそう言って、ミーアの目の前に立つ。

どうやら簡単な嫌味は通じないようだ。

まあそれも当然なわけで、俺も期待しているわけではないが。

「さて、本題を進めましょうか。私の目的は神の子であるミーア様を連れ出すことです。あなた様はここにいるべきではない」

「なっ！」

俺は思わず驚いてしまう。

やけにミーアを持ち上げるなと思っていたが、こいつ……ミーアを連れ出すことが目的だったのか。

ミレーがミーアに手を伸ばそうとしたので、俺は咄嗟に彼女の腕を握る。

「おい……！　さすがにそれは許せねえぞ！」

万が一ミーアに何かがあったら困る。

絶対にミーアを連れ去られるのは回避しなければならない。

「あなたには言っておりません。私はミーア様に言っているのです」

「っ……」

いとも簡単に振り払われ、俺はただミーアを眺めることしかできなかった。それはイヴやレイレイも同じで、一度敗北してしまっているわけだから下手なことはできない。

どんなに抗《あらが》っても、俺たちにはどうすることもできないだろう。

だが……抵抗しなければならない。

「ミーア様。私と一緒に来てください。そして——教徒の皆さんを救いましょう」

ミーアに差し伸べられた手のひら。

しかし彼女は応じることはなかった。

「嫌だよ。私はずっとスレイたちと一緒にいるって決めているんだ」

否定の言葉であった。

真っ直ぐとミレーのことを見て、ミーアは淡々と言う。

ミレーはその言葉に驚いたようで、しばらく固まってしまっていた。

「ミーア様。あなたが来ることによって、数多くの者たちが救われるのです。それが、あなたの運命なのです」

「そんな運命知らない。もしそんな運命があったとしても、私は好きなように生きるよ」

ハッキリと言い放った。

動揺を見せるミレーであったが、しかし諦めようとはしない。

「いいから、来てください。あなた様の役目なのです」

ミレーはどうにか連れて行こうとする。

「嫌だ！　もしこれ以上近づくなら、お前の舌を噛みちぎってやる！」

ぐるると唸りながら、ミーアは叫ぶ。

おそらく戦ったところでミーアにも勝ち目はない可能性のほうが高い。だから俺は、ただ祈ることしかできなかった。

けれど。

「……そうですか。あなた様がそこまで言うなら……私は何もできません」

ミレーは残念そうにしながら、一歩下がる。

案外すんなりと引き下がったことに驚いてしまうものの、オッドアイを神の子として崇める教団がミーアに逆らうのはあまり想像できない。

ともあれ、どうにかなったようだった。

「なら……少し交渉させてください」

そう言って、ミレーは俺に近づいてくる。

「いつでも構いませんので、教団の礼拝に顔を出していただけないでしょうか」

「難しいことを言うな」

そんなことを簡単に言われても、難しいに決まっている。

「もちろん条件があります」

苦言を呈した俺に対して、ミレーが人差し指を立てた。

「顔を出していただく度に、お礼金として金貨を一〇〇枚渡しましょう。決して悪くない条件ではあると思います」

金貨一〇〇枚……悪くない条件どころか、それだけで数ヶ月は暮らしていける金額だ。

どうやら、相当ミーアを連れてきて欲しいようだな。

「しかしな……」

俺が悩んでいると、ミーアが肘で小突いてくる。

「いいんじゃないかな！　スレイから離れなくていいなら大丈夫だよ！」

「お前……でもいいのか？」

「いいよ！　お金になるならいいじゃん！　それに、私のことを求めてくれるのは悪い気はしないからね！」

まったく、この子は優しすぎるんだよな。

こんなんじゃ簡単に悪いやつらに引っかかってしまいそうだ。

けれども、彼女がそう言っているのだから俺の感情だけで断ることはできない。

「イヴやレイレイも構わないか？」

尋ねると、二人は悩みながらも返事をする。

「ミーアがいいなら……あたしは構わないけれど」

「わたしもです。どちらにせよ、これほどまでに大きな組織と協力関係になれるのはいいことだと思います」

レイレイが言っているように、ここまで大きな組織と協力関係になれる機会はそうそうない。有事の際には助けを求めることだってできるだろう。

それに……無理矢理反対して、教団を敵に回したときのほうがよっぽど怖い。それなら協力関係になったほうがマシだ。

半ば強制とも取れるが……しかし断るわけにはいかないだろう。

「わかった。その条件を呑《の》むよ」

「感謝いたします。スレイ様」

う。


「急に礼儀正しくなるのな」

「常に礼儀正しかったでしょう？　あまり私を悪く思わないでくださいよ」

「あのなぁ……」

　調子良くなりやがって……。

　ともあれ、異瞳教だっけか。そんな大きな組織と協力関係になれた上に、お金を貰えることを喜ば
　あまりにも現金すぎるかもしれないが、そう捉える他ないだろう。

「それでは皆様。本日はお時間いただきありがとうございました」

　ミレーは深々と頭を下げる。

　そして、俺に地図を手渡してきた。

「こちら、教団までの地図になります。皆様方がいらっしゃること、心よりお待ちしております」

　言い残し、ミレーは去って行った。

　その様子を眺めた後、俺は安堵の息をつく。

「嵐のような人だったな……」

　かなり疲れてしまった。

　というか、イヴとレイレイがやられたときは本当に死ぬかと思ったし。

「ほんとに……疲れたわ」

「ええ……もうしばらくこういうのは勘弁してもらいたいですね……」

イヴとレイレイが肩を竦めながら言う。

というか、頻繁にあったら参ってしまう。

けれど、ミーアは何故か瞳を輝かせていた。

「お金貰えるんだよ！　最高じゃん！」

「……それはそうだけどな」

まあ、超プラス思考で考えればそうなのかもしれない。

実際、この家を建てるのに俺たちはお金をほぼ使い果たしたわけで、収入源ができたのはうれしいことだ。

「少し疲れたから、ちょっとベッドで寝てくるわ」

片手で自分の肩を揉みながら、俺は寝室へと向かおうとする。

もう色々と起こりすぎて、くたくたである。

ここはせっかくあるベッドをたっぷり堪能《たんのう》したいところだ。

「あ！　私が一緒に寝るからね！　添い寝は任せといて！」

ミーアが意気揚々と叫ぶが、慌ててイヴとレイレイが間に入る。

「待ちなさいよ！　めちゃくちゃ大変だったんだから、ここはあたしに譲るべきよ！」

「いやいや！　わたしだって大変だったんですよ！　投げられてすごく痛かったんですから！」

「それはあたしもなんだけど！」

「わたしのほうがもっと痛かったですが！」

何故かイヴとレイレイの間で戦いが発生しそうになっている。けれど、俺は彼女たちをなだめる元気もないので大人しく寝室に向かう。

ミーアもイヴとレイレイに構うことなく俺についてきている。これはもう、今回ばかりはミーアの勝ちだな。

「んじゃ、寝るか」

なんてことを言って、俺は寝室に入った。

第三・五章

CHAPTER 3・5

「ヤモリの調子はどうかね。あいつは少し反省でもしているのかい？」

一人の少年が、部下であろう人間に尋ねる。

その声音はどこか調子づいていて、あまり良い印象は受けない。

けれども、彼の形《なり》や控えている部下の表情から見るに、かなり上の立場の人間であるのは間違いない。

部下は彼を恐れながらも答える。

「ヤ、ヤモリさんはおそらく……使い物にならないかと。あの一件以降、精神を病んでしまったようで……」

そう言うと、少年は面白おかしそうに笑う。

「ははは！　精神を病んでしまったか！　債務者ではなく、借金取りのほうが精神を病むなどちゃんちゃらおかしな話だなぁ！」

ケラケラと笑う少年の様子を見て、部下は苦笑した。

「ボス……しかしどうするんです？　ヤモリが逃したスレイという男をそのままにしておくわけではないでしょう？」

ボスと呼ばれた少年――ヤモリの直属の上司であり、複数存在する金貸し屋グループのボスは考える素振りを見せる。

「確かにあの男を逃したままだと、他の債務者に舐められかねんな」

事実その通りである。

少しでも債務者を逃してしまったという話が出てしまえば、他の人間に舐められかねないからだ。

そう言ったかと思えば、何か思いついたのか勢いよく椅子から立ち上がった。

「そうだ！　ボスである僕が直接出向き、スレイをさらうのはどうだ！　そして人質として金銭を要求し――最終的に殺せば他の債務者も怯えて何もできなくなるだろうし、僕たち借金取りに喧嘩を売ればどうなるかもわからせることができるだろう！」

とはいうものの、正直馬鹿げた作戦である。そもそも、金貸し屋のボスが直接出向くなどあまり考えられない。

けれど、このボスは己で何かを成し遂げるのが大好きな人間であった。借金取りというグレーな職業の頂点に立ったとしても、彼は己の自尊心を満たすことを止められないでいるのだ。

「この僕、エドガーが先導する！　他の人間を呼んでこい！　ここは一つ派手にしようじゃないか！」

盛り上がるエドガーと名乗った男の部下は、深く頷いて立ち上がる。

「わかりました。人を集めて参ります」

そう言って、部下は部屋から去って行く。

一人になった部屋でエドガーはけらけらと笑いながら何度も叫ぶ。

「見ていろよスレイ！　後悔させてやるからなスレイ！　泣いて詫《わ》びても殺してやるからなスレイ！」

エドガーは腕を広げ、心底楽しそうにしていた。

演説するかのごとく叫ぶその姿は、まさに人の上に立つ人間と言えるだろう。

◆◆◆

人が集まり、武器の準備もできたエドガーは、部下の中から特に優秀な二人を選定してスレイ誘拐作戦を実行することにした。

「さぁ行こうじゃないか！　スレイをさらってしまおう！」

エドガーは意気揚々と森を歩いていく。

部下の情報によれば、スレイは毎朝近くの湖で一人顔を洗っているようだ。スレイの奴隷がいたところで、こちらとしては問題ないのだが面倒なものは可能な限り避けたい。

もちろん万が一のことがあったら困るというのもある。

エドガーは自信家であるが、それは同時に自分がミスをすることを恐れているとも言える。

また、彼は小さなミスが大きな失敗を起こしてしまうことを理解しているので、しっかりリスクヘッジをしているのだ。

それに、まだ今は派手なことをする場面でもない。

「目標はこの先にいるはずです。ここは私がスレイをさらってきます」

青年とも言える部下の一人がエドガーの前に跪き、そのような旨を伝える。

「ああそうか。そうかそうか」

しかし、その対応は間違っていた。

優秀とはいえ、この部下は直接エドガーとは関わっていない人間だったのだ。もう一人のベテランの部下の顔が青くなるのがわかる。

なんせ、エドガーを怒らせてしまったからだ。

「おいマヌケがぁ！　この僕がいるというのに、僕を差し置いて貴様がスレイをさらうだと？　何を考えているんだ礼儀知らずがぁ！」

エドガーは青年の部下の胸ぐらを思い切り掴み、ぐっと体を引き寄せる。

「貴様の目は腐っているのかぁ!?　そうだよなぁ！　そうじゃないとそんなこと言えないよなぁ！」

言って、エドガーは懐から小型のナイフを取り出した。そして、ナイフを構えて思い切り青年の目に近づけた。

「僕はさぁ、昔眼科医になりたかったんだ。どうしてか知っているか？」

「そ、それはっ……！」

「それはじゃない答えるんだいいから早くしろ」

早口でまくし立てるような言葉に、青年は怯えながら答える。

「エ、エドガー様の性癖でしょうかっ!!」

追い詰められた青年は突拍子もないことを言い放った。

「おいバカっ……！」

ベテラン部下も思わず口を出してしまう。

そんな馬鹿げたことを言ってしまえば、間違いなくエドガーに殺されてしまう。なんてベテラン部下は考えていたわけだが。

「ははは！　僕の性癖が狂っているか！　面白いな貴様！　気に入ったぞ！」

そう言って、エドガーは青年の頭を嬉しそうに撫で回す。さながら、自分が飼っている犬でも愛撫《あいぶ》するような様に、ベテラン部下は言葉を失う他なかった。

「返答によっては、お前の目を一つ潰してやろうかと思っていたが、いや気に入った！　貴様のような狂った奴のほうが借金取りには向いているんだよなぁ！」

「は、はは」

青年は命を刈り取られた後かのように、乾いた笑いを漏らしていた。これも本来であればエドガーにとって気に入らない行為の一つではあるのだが、青年の発言が相当気に入ったのか処罰することはなかった。

「間違いは誰にでもあるからね！　よし、それじゃあ早速スレイをさらうとするか！」

機嫌良く、鼻歌交じりにエドガーは伸びをする。

エドガーの言葉に安堵した青年は、どうにか肩で息をしながら笑う。

「貴様らはここで待機していろ！　この僕が素晴らしい技術で人をさらってくるからなぁ！」

言って、エドガーはにやりと笑う。

彼はふざけているように見えるが、しかしながら備わっている知恵と技術は相当なものだ。仕事柄、彼はグレーなことを数多くこなしてきた。

なんなら、グレーではなく真っ黒な仕事もこなしてきた。

そんなことをしても、刑罰を受けることなくこうして金貸し屋グループの頂点になっていることから、かなりの才能を察することができるだろう。

エドガーは隠れたり忍ぶような行動はしない。

何故なら、それは弱者がすることだと考えているからだ。

想像してみてほしい。

暗殺者だなんて言葉は響きがいいが、しかしこそこそとしながらバレないように目標を殺す術に格好良さを感じるだろうか。己の身分を隠して、日の光を見ることなく生きるのを格好良いと思うだろうか。

エドガーはその全てを格好が悪い行為だと考えている。

堂々と行動し、堂々と仕事をこなし、堂々と世間を生きる。

これが彼のモットーであり信条なのだ。

「あ、みっけ」

エドガーの目に、スレイが映った。

アホな面をして、何も考えずに顔を洗っている。

本当にああいう人間は愚かだと思う。

平和ボケした人間は見ているだけで吐き気がする。

あのような人間を見ているとつくづく思う。

ああ……僕が全てをめちゃくちゃにしてあげたい。

非日常のどん底にたたき落として、絶望させてみたい。

「壊してあげるよ、君の全てを」

そう言って、エドガーは歩く。

さながら友人にでも会うかのような素振りで、スレイに近づいていく。

「おはようスレイ！　元気してるかい！」

「え……？　誰ですか――」

スレイが疑問を呈するよりも先に、エドガーは動いていた。

素早くスレイの首元にナイフを当てて、空いている手で彼の腕を後方に持っていく。

「喋るなよ。首の血管を切り裂かれたくはないだろう？」

そして、エドガーはスレイの腕を縄で締め付けた。

あまりの速さに、スレイは驚きを呈している様子だった。

まあ、それもそうでエドガーはプロなのである。

このような行為は過去に何度もしてきたわけで、決して難しいことではない。

「なっ……お前……誰か……うぐっ」

スレイが叫ぶよりも先に、エドガーは布で口を塞いだ。

もう叫ぶこともできないだろう。

その場のノリでスレイの尻を蹴った後、エドガーは満足そうにした。

「任務完了！　やっぱり僕は完璧な仕事をするなー！」

言いながら、エドガーは背筋を伸ばす。

「朝の空気も最高だね！　うーん、今日は良いことがありそうだ！」

なんてことを言っていると、周囲の様子を確認しながら部下が走ってきた。エドガーは部下を見るなり、手を振りながら叫ぶ。

「こっちだよ！　さぁこの人質を誰かおぶってくれ！」

あまりにもエドガーは堂々としていた。近くにスレイの奴隷がいる可能性もあるのに、元気よく叫ぶ姿には部下も恐怖していた。

しかし二人の部下は心の底から安堵する。

この人が仲間で良かったと。

もしもこの人が敵だったのならば、自分たちは間違いなく殺されていた。

なんて自分たちは恵まれている立場なのだろうかと、心の底から感謝してしまう。

部下たちはスレイを回収し、エドガーに声をかけた。

「しかし……これからどうするんですか？　人質は確保できましたから、すぐにこいつの仲間たちに連絡をしておきましょうか」

その問いに、エドガーは考える素振りをする。

すぐにスレイの仲間たちに連絡してもいいが、それでは面白くない。

もっと何か、面白い感じにしたいところである。そう思ったエドガーは、キラキラと目を輝かせながらぽんと手を叩いた。

「スレイの仲間がどれくらい優秀か調べてやろう！　あえて連絡はせずに、彼らがたどり着くのを待つんだ！」

名案を言うかのように、エドガーは語る。

しかし、周囲の部下は首を傾げた。

「ですが、それではお金が……」

正論である。

スレイを人質にしてお金を要求するはずなのに、それではお金の回収が遅れてしまう。

本来の目的とはかけ離れた行為なのだ。

「バレたらそのときにすればいいだろうし……それにさ。バレなくても、しばらく時間を置いてから連絡をするんだよ。そしたらさ、相手はスレイが本当に生きているかどうかもわからない。死んでいる可能性のほうが高い。戦意は喪失してしまって、場はお通夜のようなもの」

言いながら、エドガーはくつくつと笑う。

「そして奴らは言うんだよ。『お金は払うから、どうか遺体だけは渡してくれ』とな」

その言葉に、部下たちは戦慄した。

あまりにも邪悪すぎる。

なんてことを言っているんだと。

けれど、その案は確かなものである。相手には一番効果があるものだろうと部下たちも理解した。

「わかりました。そのようにしましょう」

部下たちはそう言って、スレイを運び始めた。

エドガーはその光景を見ながら、鼻歌交じりに歩く。

「あ～楽しくなってきたなぁ！　楽しみだなぁこれからどうなるか！」

こうして、スレイはさらわれることになった。

時間として一分ほど。

たった一分で、スレイの誘拐は完了してしまったのだ。

第四章

CHAPTER 4

「んん～良い朝だ！」

カーテンから漏れる日の光に、ミーアはぐっと体を伸ばした。微かに感じる朝の心地よい香りに、少し嬉しい気持ちになる。

今まで以上の気持ちよさに、ミーアは半ば感動してしまっていた。

やはり、環境が変わると気持ちも変わってくるものなんだなと思う。

もう少しベッドでうたた寝したいところではあるが、ここで頑張らないと夜になるまで起き上がれない。ミーアはもぞもぞと芋虫のようになりながら、ベッドの中を動く。

「あれ？　スレイがいない？」

動いている最中、ミーアはスレイがいないことに気がついた。

今日はミーアがスレイと一緒に寝る日だったのだ。あれほど夜はいちゃいちゃしていたというのに、朝起きてみれば姿がないことにミーアは不満を抱く。自分が少しお寝坊なだけであって、これくらいは待ってくれてもいいのにと。

意地悪だなあと思いながらミーアは息を吐く。

「もう下にいるのかな」

寝室があるのは二階。

おそらくスレイは一階で何かをしているのだろうと思ったので、ミーアは眠い眼をこすりながらベッドから飛び下りる。

パタパタと廊下を駆けて階段を下りていき、下にいるであろうスレイを探した。

「あらミーア。スレイと一緒じゃないの？」

下にいたイヴが、不思議そうに尋ねてくる。

「ええ？　逆にイヴはスレイと一緒じゃなかったの？」

「そうよ。レイレイとも話していて、多分まだミーアと寝ているんじゃないかって言っていたんだけど」

イヴはそう言って、キッチンにいるレイレイに視線を向ける。

レイレイはどうやらご飯を作っていたようで、忙しそうにしながらこちらを向いた。

「ミーアさんもスレイさんと一緒じゃなかったんですか？　どうしたんでしょうか……」

なんてことを言いながら、レイレイは不安そうにしている。

それもそうで、基本的に全員揃う頃には一度スレイは顔を出すのだ。彼は家族のことが大好きだから、朝の挨拶は絶対に欠かさない。

「もしかして顔を洗いに行ったのかな？」

ミーアが言うと、イヴが腕を組んで答える。

「そうなんじゃない？　まあ、あたしたちに挨拶することなく向かうとか珍しいけど」

「相当顔が大変なことになっていたんじゃないですかね？」

自分たちに顔向けができないほど大変なことになっていたのなら、納得がいく。そんなことあるのかだなんて思ってしまう自分がいるけれど、そうじゃないと片付かないからミーアはそうすることにした。

「まあいいや！　スレイが帰ってくる頃にはご飯もできていそうだし！　ご飯ご飯〜！」

ミーアは機嫌が良さそうに肩を揺らしながら、そんなことを言う。彼女はどんなことよりもご飯を食べることが好きなので、毎朝の楽しみは尽きない。

イヴやレイレイと雑談をしながら、のんびりとスレイを待とう。

そう考えていたのだけれど。

「……スレイ遅すぎないかな？」

あれから、一時間が経過した。

スレイが戻ってきてからご飯を食べようとしていたこともあり、出来立てだったご飯はもう既に冷めてしまっている。

「確かに遅いわね。異常だと思うわ」

「そうですね……普段なら絶対にありえないことです」

三人は不安そうな表情を浮かべていた。

こんなこと、普段なら絶対にありえないことだ。そもそも、普段ずっと一緒にいるはずの人間が一時間も姿を暗ませたら不安になるのも当然と言える。

「もしかして魔物に襲われたとか!?　ありえるでしょこれ！」

ミーアは顔を真っ青にして叫ぶ。

自分たちが住んでいる森には、魔物が存在している。それほど強い相手でもないのだが、スレイだけではおそらく勝てるような相手ではない。

自分たちが住み着いてからは魔物もあまり姿を見せないようになっていたこともあり、油断していた。

ミーアはもう心配で仕方がなかった。

万が一スレイに何かあったら……自分は何もできなくなってしまう。

「ありえるわね……少し様子を見に行きましょうか」

「そうですね……大丈夫だといいのですが……」

話がまとまったので、三人はスレイを探しに行くことにした。ただ、気持ちとしては何かの間違いで湖の近くにいてほしかった。

そして、何やっているんだといじってお終《しま》いであってほしかった。

「大丈夫かな……」

多少は暑さもマシになってきた外に出て、ミーアたちは歩き始める。

三人は不安そうにしながら、急ぎ足で向かう。

湖はそこまで遠くはない。すぐにたどり着く範囲だ。

そして、湖までやってきた三人は呆然《ぼうぜん》とすることになる。

「いない……ね」

ミーアが掠《かす》れた声音で言う。

「嘘でしょ……そんなことある？」

「いやいや、きっと近くにいますよ。探してみましょう！」

気分が落ち込んだ二人の様子を見てか、レイレイが精一杯の元気を出して探そうと提案した。今の自分たちにできることは、実際ここ周辺で死ぬ気でスレイを探すことくらいである。

ミーアたちはお互いに目を合わせて、深く頷く。

「私はこっち探すから、イヴとレイレイは向こうを探してみて！」

ミーアは湖の反対を指さす。

それを見て、イヴとレイレイは首肯《しゅこう》して慌てて走って行く。

一人になったミーアは、思い切り息を吸い込み、叫んだ。

「スレイ！　どこにいるの！」

必死に叫びながら、周囲を探していく。可能であれば、ここで見つかってほしい。名前を呼んで、返事をしてくれるだけでいい。

どうか、答えてほしい。

ミーアは湖周辺を走りながら、何度も叫ぶ。森の中や、木の上、果てには湖の中まで探し回った。

「スレイ……どこなの……」

けれど、スレイは見つからなかった。

自分が担当している範囲は、隅々まで探し尽くした。

もうこれ以上はどこを探せばいいのかわからない。後は……空だろうか。しかし空になんかいるわけがない。人間はそこまで器用な生物ではないからだ。

ミーアはただただ絶望するしかなかった。

気分を沈めていると、ぱたぱたとイヴとレイレイが走ってきた。

しかし、彼女たちの回りにスレイはいない。だが、一縷《いちる》の望みをかけてミーアは聞いてみることにした。

「スレイはどうだった？　いたかな？」

不安になりながらも尋ねるが、良い返事は返ってこない。イヴとレイレイは首を横に振ってため息をついた。

「いなかったわ。どこにも」

「わたしの索敵魔法で色々と調べてはみたのですが……どこにもいませんでした」

どこにもいなかった。

その言葉に、ミーアの心臓はバクバクと音を立てていた。

嘘だと信じたい気持ちもある。

けれど……レイレイの索敵魔法を使ったとしても見つからないだなんてなると……本当にいないのだろう。

認めるしかなかった。

「も、もしかして第三村に行ったのかな？」

ここにいないのであれば、それしかない。

「いや……あたしたちを置いて第三村に行かないわよあの人は」

「万が一行ったとしても、何かしら連絡は残していると思いますし……」

そう、スレイは一度として自分たちを残して第三村に行くなどしたことがなかった。

もしも行くならば、何か一つ手紙くらいは残すだろう。

スレイはそんな人間なのだ。

そのことからも、これは異常事態ということがわかる。

「……待って！　ちょっと待って！」

ふと、ミーアが顔を上げて周囲を鼻でくんくんと嗅ぎ回り始めた。

「どうしたの？」

「何かありましたか？」

実際、何かあったのだ。

ミーアは地面に鼻を当てて、何度も何度も嗅ぎ回る。

感じたのだ。

スレイの匂いと――そして知らない人間の匂いを。

嫌な気配がする。

「これはたいへんだ！　間違いなく、スレイは誰かにさらわれた！」

そんなことを言いながら進んでいき、ミーアはある場所で止まった。

地面をよく見てみると、微かに誰かが暴れたような跡が残っている。ミーアは地面の跡に鼻を近づけてくんくんと嗅いでみた。

「スレイの匂いだ！」

ミーアの声に反応して、慌ててイヴたちも駆け寄ってくる。

「本当にスレイなの？」

「それに、さらわれたってどういうことですか？」

その問いに、ミーアはハッキリと答えた。

「スレイがこの場所で誰かに襲われたんだ！　それも複数人……三人くらいかな！」

三人。

匂いだけでここまで断言できるのかと不思議なところではあるが、これはミーアの鼻が優秀だからだろう。

彼女は獣人ということもあって、匂いを嗅ぎ分けるのは得意なのだ。

「三人か……それに……ねえ」

そう言って、イヴが地面の跡に触れる。

「スレイも暴れたはずなのに、跡がこれしか残っていないということは……おそらく相手はかなりの手練《てだ》れね」

間違いなく手練れだろう。なんて言ったって、成人した男が襲撃から逃れようと暴れたはずなのだ。

そこらの小さな子どもをさらったわけではないので、これだけしか跡が残っていないのはもうプロの犯行だと考えていいだろう。

「でも……それならいったい誰が……」

レイレイの疑問も当然であった。

スレイを襲撃し、さらう理由に心当たりがない。先日出会った宗教団体の犯行の可能性もなきにしもあらずではあるが、しかし彼女たちがそんなことをするとは思えない。なんたってこちらにはミーアがいるのだ。

下手すればミーアから拒絶されることだって考えられるのだから、まずありえないだろう。

なら誰がやったのか。

しかし――一つだけ心当たりがミーアにはあった。

「もしかして……ヤモリ関係だったりするのかな？」

そう――ヤモリである。

彼はスレイを追っていた借金取りであって、彼から逃れるために様々なことをしてきた。

最終的に撃退することには成功したが、あの借金取りがそれで諦めるだなんて想像できない。

なんせ、目的であるお金の回収ができなかったのだから。

借金取りである彼らのプライドも考えると、そのまま諦めるというのもありえない話だ。

「でもヤモリはもう、あたしたちには関わりたくなさそうだけれど」

「確かにそうですが、ヤモリじゃなくてもその上の人間が……という可能性もないですか？」

イヴの疑問にレイレイが答える。

ヤモリの上の人間がスレイを狙う。

十分にありえることだ。

なんたって借金取り側にとっては、お金を取り立てない以上赤字なわけで、相手としても死ぬ気で回収したいところだろう。

「となると……ヤモリの上の人間が、私たちのスレイをさらったってことだね。目的はおおよそ、身代金の要求って感じかな」

ミーアは顎に手を当てながら呟く。

夜逃げしたわけなのだから、借金は完全に返済はしていない。それをあれほどしつこく追ってきていた金貸し屋が逃すとは思えないからだ。

「ということは……これから向こうから連絡をしてくるってことかしら」

イヴは嘆息しながら言う。

「多分。だけど、それまで待っているだなんてことは絶対にできない」

なんせ、相手はヤモリ関係の借金取りなのだ。彼らは平気で人だって殺すだろうし、どんなひどいことだって難なくこなすだろう。

あまり舐めないほうが良い。

思いつく限りの危険は発生する可能性があると考えたほうがいいだろう。

それに、相手から連絡があるまで待っていたところで、スレイが無事かどうかはわからない。

「こっちから攻めるってことになるんですかね。でも……スレイがいったいどこにいるかわからないんですよ……？」

当然の疑問である。

相手から連絡が来ていない時点では、こちらから動くことは通常できないだろう。しかし普通なら、である。

「私、この匂い覚えたから相手がいるアジトまで行けると思う！　任せてよ！」

ミーアは自信満々に胸を張った。

先ほど匂いを嗅いだ際に、相手の匂いは完璧に覚えた。自分なら、間違いなくアジトまで匂いだけで向かうことができると確信している。

「すごいわね……それなら話が早いか」

「ですね。後はスレイさんを助けに行くだけです」

ともあれ。

相手は間違いなく手練れである。何も準備せずに向かったところで、簡単に負けてしまう可能性だって大いにある。

「作戦会議だね！」

まずは作戦会議をし、準備をするべきだと判断した。

他のみんなも納得がいったようで、こくりと頷く。

ミーアはそれを見届けた後、第三村のほうを指さした。

「ボタンにも協力してもらおう！　あの人ならきっと助けてくれるから！」

というわけで、ミーアたちはボタン邸に向かうことになった。ここまでミーアが指揮を執ってイヴたちを導いていたわけだが、それに関してイヴとレイレイはひそかに驚いていた。

ミーアはどちらかと言えば、何も考えずにのほほんとしているキャラである。それがスレイのことになれば、ここまで一人で動くことができるものなのかと。

◆◆◆

「なんじゃと!? スレイがさらわれた!?」

ボタン邸に到着したミーアたちは、慌ててボタンに伝える。すると、彼女は目を丸くして驚いていた。

「それで……犯人はおそらくヤモリ関連か……しかし急じゃな……」

ボタンは額に手を当てて、むむむと唸る。

「本当に突然よ……でも、いつかは来るとは思っていたけれど」

イヴは肩を竦めて、ミーアをちらりと見る。

「うん。そこでなんだけどね」

そう言って、ミーアは手を合わせた。

「ボタンにスレイを奪還するのを手伝ってほしいんだ!」

心からのお願いである。三人はボタンと親友とも言えるほど仲が良い。けれども、借金取りの話に関してはまた別だ。なんせ、以前の戦いでは借金取りが第三村に襲撃までしてきたのだ。それで怪我人だって出た。

自分たちに協力の手を差し伸べるということは、また第三村が巻き込まれてしまう可能性に納得した上で手助けするということなのである。

だから……『あの人なら助けてくれる』と言ったものの、拒否されることは承知の上だった。もちろん、拒否されたところで三人はボタンのことを責めたりもしない。

「もちろんじゃ！　妾は仲間じゃからの！　これくらいどうってことはない！」

けれど、ボタンは快く承諾してくれた。

「ほ、ほんと!?」

それがミーアは嬉しくて仕方なく、その場で何度も跳びはねてしまう。子どもっぽい反応かもしれないが、それほどまでに嬉しかったのだ。

「当たり前じゃろう！　確かに協力する以上、妾にも危険はある。じゃが、そんなの今さらじゃろうて」

言いながら、ボタンは歯を見せて笑う。

「もう相手には妾たちの場所は割れているわけじゃし、いつか来るであろう身代金の要求に応じることができなかったら、多分妾たちの村が襲われるじゃろうしな」

確かに、この村の場所が借金取りに知られている以上、ミーアたちが応じなければ村に被害が発生するのは間違いないだろう。

「しかしのぉ……ヤモリ関連と言っても、おそらくは上の人間なんじゃろう？　うーん……嫌な予感がするなぁ」

腕を組み、眉間にしわを寄せてボタンは唸った。

心当たりでもあるのだろうか。

「何か知ってたりするの？」

ミーアが尋ねると、ボタンは深く頷く。

「ヤモリが所属していた金貸し屋グループはわりと有名でな。ほら、スレイの手配書を妾が持っていたじゃろう？」

そういえば、ここに初めて来た際にボタンがスレイの手配書を持っていた記憶がある。

しかし、それと何が関係があるのかミーアはわからないでいた。

「ミーアさん……その顔、わかってないですね……」

「あ、バレた？」

レイレイが呆れた表情を浮かべて、腕を突いてきた。どうにか理解している体で進めようと思っていたのだが、そう上手くはいかないらしい。

「説明するとな。別の領地である妾のところに手配書がある時点で、彼らが掌握している地域はそれほど広いってことなのじゃ。とどのつまり、かなり組織自体が大きいってわけでの」

考えてみると確かにそうだ。もともと自分たちはアリビア男爵領に来るまでは別の領地にいた。そこで指名手配をされ、辺境であるアリビア男爵領まで逃げてきたのに、第三村のボスであるボタンが手配書を持っていたのだ。

冷静に考えて、そこまで手配書を行き届かせている時点で規模はかなり大きい。

しかも、あの短期間でだ。

「そういうわけじゃから、相手はかなりのやり手じゃぞ。念のためなのじゃが……スレイがさらわれた場所っていうのはわかっているんじゃな？」

その問いに、三人は頷く。

「もちろんだよ。私たちがいつも利用している湖」

「ほほう。んで、さらに念押しで確認なのじゃが、争った形跡はあったのか？」

どうしてそんなことまで聞くのかとミーアは思う。何か嫌な予感がした。

「ええと、争った形跡はほとんどなかったよ」

「そうか……なるほどな……」

ミーアの答えに、ボタンは唸る。額に何度も指を当てて、嘆息しながら彼女は言った。

「おそらくはな。そんなことができるのは、金貸し屋の中で一人しかいない」

言って、ボタンは指をピンと立てた。

「エドガーじゃ。あいつは金貸し屋の総大将であり、プロとして直接現地にも赴く裏社会の中でもトップの借金取りじゃよ」

エドガー……聞いたことない名前だ。

「まあ聞いたことがないじゃろう。なんせ、あやつはどんな仕事をしても何も形跡を残さない。あまりにも完璧すぎて、汚れ仕事をしているというのに本名でのうのうと表社会で生きているのじゃからな」

ヤモリの上司なのだから、殺しは間違いなくやっているはずだ。

だと言うのに、表社会で、しかも本名で生活しているのだからかなりの手練れだろう。

「……ならどうしてボタンが知っているのよ」

イヴは疑いの目でボタンを見る。

それもそうで、エドガーは傍《はた》から見れば一般人なのである。疑いようはないわけで、彼女が彼を名指しで断言する理由がわからない。

「妾の部下にな、昔借金取りに追われていた人間がおるんじゃ。まあ、そいつは自分の臓器を売ってしのいだようじゃがの。けれど、そいつの取り立てを担当したのがエドガーだったらしくな」

言いながら、ボタンはため息をつく。

「エドガーにされたことがトラウマで、彼は全てに怯えるようになってしまっておる。その面倒も妾が見ておるから、エドガーの名前を知っているわけじゃ」

どうやら、第三村の中にも被害者がいたようである。

「その方には……エドガーという人のことは聞けませんよね？」

レイレイが聞くが、しかしボタンは横に首を振った。

「聞けぬな。エドガーの名前を出すだけで、もう震えて泣きじゃくるのだからの」

もし話を聞けるのなら、彼についての情報を少しでも聞き出したかったところではあるが。けれど、その様子だと無理に話を聞き出すわけにもいかないし、聞いたところでまともな返答が来るとも思えない。

「ともあれ、相手が残虐な性格をしているのは間違いない。アジトに攻めるのはいいが、妾の部下を連れて行かせるのはなかなか難しいの」

その話を聞く限り当然のことだ。エドガーのことだから、抵抗するものは殺そうとしてきてもおかしくはないだろう。

「じゃから、妾からはこれを手渡そう。人間にはこれが一番効果がある」

ボタンは引き出しから、一丁の拳銃を取り出した。

「二丁とも渡したいところなんじゃが、もう一つは妾専用でな。残しておかないと何かあったときに困るから渡せないのじゃ」

「い、いやいや！　私たちにはいらないよ！」

「そうよ！　拳銃なんかなくたってどうにでもなるから！」

「そうですよ！」

なんせ、自分たちは魔族なのである。人間より何倍も力がある存在だ。

「撃てと言っているわけではない。妾もお主たちなら拳銃がなくたって問題ないとも思っている。しかしの」

ボタンはにやりと笑い、拳銃を指さした。

「人間はこいつに、本能的な恐怖を抱いているのじゃ。こいつを向けられたら、どんなベテランでも一瞬動きが止まる。じゃから、脅しの道具として使えと言っているのじゃよ」

「なるほど……」

そう言って、ミーアはボタンから拳銃を受け取る。持ち方がわからず、たどたどしくしているとボタンが慌てた様子で指摘してきた。

「違う違う！　危なっかしいのぉ！　一瞬こっちに銃口が向いてたぞ！」

「うわっ」

ミーアから銃を奪い取り、嘆息しながら銃を指さす。

「あのな。持つときはこう、引き金に指を当てるな。間違えて撃ってしまったらただじゃすまないからの。こいつにはまだ弾は入れていないが、念のため知っておくんじゃぞ！」

「わかったよボタン！」

「良い返事じゃ！」

拳銃をもう一度受け取ったミーアは、慎重に持ってみる。完璧に正しい持ち方ではないだろうが、引き金に指を当ててない点が大きな進歩と言えるだろう。

「うーむ！　ミーア、なかなか良いセンスじゃな！　意外と様になっておるぞ！」

「そうかな！　えへへ！」

楽しそうにしているボタンとミーアの様子を見て、イヴとレイレイは息をついた。

「全く、危機感があるのかないのかわからないわね」

「いいじゃないですか！　絶望ムード全開よりかは断然いいと思います！」

「それもそうね」

二人も納得がいったようで、ミーアたちを眺めて苦笑していた。

「して、お主たちはいつ相手のアジトへ向かうのじゃ？」

ボタンが首を傾げると、ミーアが自信満々といった様子で答える。

「明日だよ！　奪還作戦の決行は明日！」

もちろん、準備期間は必要だと思う。相手の実力が読めない以上は、もっと慎重になるべきだ。けれど、こちらから探りを入れたところで相手の情報はわからないだろう。おそらくは、どれだけ時間をかけようともだ。武器を調達するという目的で時間をかけてもいいが、基本的にどんな武器を持っていたとしても自分たちのほうが上なのは間違いない。自分たちを上回る高性能な武器があったとしても、それは間違いなく一日や二日で扱えるような代物ではない。

「それもそうか。しかし……協力すると言っても、妾ができることはあまりなかったのぉ……」

申し訳なさそうに、ボタンが頭をかく。

ミーアとしては、拳銃を手渡してくれた時点で十分助かっている。けれど、もしもボタンが申し訳なさを抱いているのなら、一つ頼みたいことがあった。

「ボタン！　一つだけお願いしたいことがあるんだ！」

「なんじゃ、お願いって？」

ボタンは疑問符を浮かべる。彼女も、もう自分にはできることがないと思っていたからだ。

「早急にとある人物に伝えてほしいことがあるんだ！」

そう言うと、ミーアはボタンに耳打ちした。ボタンは怪訝な表情を浮かべることになるが、追加の説明ですぐに納得がいったようだった。

「なるほどな！　任せるのじゃ！　しかし……かなりの賭けよのぉ」

ボタンが唸ると、イヴとレイレイが不思議そうにした。

「いったい何を頼んだの？」

「気になります……！」

当然気になるわけで。ミーアはうししと笑いながら答えた。

「実はね！」

◆◆◆

「お前……いったい何が目的なんだよ！　俺をどうするつもりなんだ！」

薄暗い室内にて、俺は一人の少年に叫んだ。俺は突然何者かに襲撃され、どこかに運び込まれたわけだが……相手の目的、素性がわからないでいる。なんで俺なんかをさらったのか理解できないでいた。

少年――乱暴なことをしてきたわりには幼く見える人物は、俺のことを嬉しそうにしながら覗き込んできた。

「おやおや。何が目的ってさぁ……君は察しが悪いね。察しが悪い男は嫌われるよ。もしかしなくて

も、君の仲間であるミーアちゃん、イヴちゃん、レイレイちゃんに不満を抱かれているんじゃないかな」

「……どうして俺の家族の名前を知っているんだ」

家族の名前を呼ばれて、俺の背筋が凍った。少なくとも相手は俺を拉致した相手なのだ。つまりは犯罪者なわけで、そいつがミーアたちの名前を把握しているという事態は恐ろしいことである。

きっと名前以外にも俺たちの情報を知っているのだろう。強く警戒する。

けれども俺は両腕と両足を拘束されて床に転がっているから何もできないわけだが。

「僕はなんでも知っているよ？　君の家族のことや、君の出生、君がどうしても隠したいことや家族のことも。何もかも把握している」

言いながら、少年は自分のことを指さした。

「何故なら、有能だから」

自慢げにしながら、男はくつくつと笑う。

どこか飄々とした態度で、相手の本性が全くわからない。

「しかし……君は僕のことを『お前』と呼んだね？」

「それがなんなんだよ――」

刹那、少年が怒りを露わにしながら思い切り俺の髪を掴んで顔を持ち上げた。ぐっと顔を寄せてきて、唾をまき散らしながら叫ぶ。

「貴様のようなゴミ虫が僕を『お前』と呼んでいいわけがないだろうが！　立場を弁《わきま》えろ屑《くず》が！　貴

様は僕と同列だと思っているのか⁉　貴様は僕と友達なのか⁉」

少年は今までの雰囲気とは打って変わり、怒号を飛ばしてくる。俺は半ば動揺しながらも、どうにか痛みに耐える。

「まあいい。君にはお世話になっているからね、それに僕は身分を隠さない主義でいるんだ」

そう言って、俺の髪を掴むのをやめる。

「僕はエドガー。ヤモリがお世話になったね」

「ヤモリ……まさかあいつの仲間なのか？」

「ああ。仲間というか、直属の上司であり金貸し屋グループの長だよ」

となると、おそらくこいつはヤモリを倒した復讐《ふくしゅう》として俺をさらったといったところだろうか。しかし金貸し屋グループの長なんて人物がどうして直接俺をさらってきたんだ。

「ちなみに補足すると、僕は一切ヤモリに関しては情を抱いていない。もちろん復讐だとかそういうものでもない」

「ならなんなんだよ」

「取り立てだよ。貸したものはしっかりと返済してもらわないと、こっちも困るんだよね」

エドガーは近くにあった椅子に座り、足を組む。相変わらず気持ちの悪い笑みを浮かべたまま、俺のことを見下ろしてきた。

「逃げ切れたと思っていたようだが、僕は生憎とそういうのは逃さない主義でね。他の債務者に舐められたら困るでしょ？　君が『逃げ切れた』という事実が残ってしまえば、僕たちのグループにも傷が付く」

逃げ切れた……とも思っていなかったが、少なくともしばらくの期間は大丈夫だと考えていた。

「払ってほしいと思っているんなら……法外な利息なんて付けてくんなよ……！」

「法外な利息だって？　面白いことを言うね君は」

エドガーは頭をかきながら、大きく息を吐く。

「君のような零細奴隷商人に貸してあげるだけでも感謝してほしいくらいだよ。君は僕を悪者だと思っているようだけど、僕はどちらかといえば善人なんだよ？」

と言いながら、エドガーはパンと手を叩く。

「ともあれ、僕は君を人質として拉致させてもらった。これから君の家族に身代金を要求することになる」

「……まさかミーアたちに手は出したりしないよな？」

「え？　逆に手を出さないと思った？」

椅子から立ち上がったエドガーが自分の額をこつこつと突く。

「お金が回収できなければ殺す。お金を回収できたとしても殺す。何度も言っているが、他の債務者に舐められるのは嫌なんだ」

「……お前!!」

「お前じゃないエドガーだ。何度も言っているだろう愚か者がァ！」

ぐっと顔を寄せてきて、五月雨《さみだれ》のように忠告してくる。

「『お前』という言葉は親しい奴か格下の奴にしか使っていい言葉じゃないんだよ！　貴様は一般常識も知らないのか！　親から常識ってものを教わらなかったのか！」

俺の額に指を押しつけながら喋り倒し、最後に唾を吐き捨ててきた。

「ともあれ。ミーアちゃんたちからお金が回収できなければ、第三村から徴収する。まあ、ボタンちゃんたちは第三者だから絶対に殺すなんてことはしないが……反抗してくるようだったら村を焼いてもいいいな」

彼は表情に邪悪さを湛えて、くすりと笑う。

「全部君のせいなんだよ。君のせいで周りの人たちが被害を被るんだ。しっかりと反省したほうがいい」

そう言って、エドガーは扉のほうへ歩く。ドアノブに手を伸ばしたかと思えば、思い出したかのようにこちらに振り返った。

「あ、もちろん君も殺すよ。反省するならあの世で反省してね」

俺を殺す。エドガーはそう言い残して部屋から去って行った。一人取り残された俺は、ただただ唇を噛みしめることしかできなかった。

◆◆◆

「眠れなかった……まあ当然だよね」

ミーアは自宅のリビングにて、ぼそりと呟く。周囲にはイヴとレイレイもいて、神妙な面持ちを浮かべていた。

それもそうで、今日はスレイ奪還作戦決行日なのである。

「……スレイは大丈夫かしら」

「相手は残虐な人だと聞きましたから……不安です」

三人の表情は暗い。昨日までは明るい表情を浮かべていた瞬間もあったが、やはり空元気は長く続かない。それに、一日も経ってしまったのだ。もしもさらわれた先でスレイに何かあったらと思うと、寝ることだってできない。

「エドガーだったかしら。そいつがスレイに何かしていたら……どうしよう」

イヴは心底不安そうにしていた。普段はスレイにとげとげしい態度を取っているが、やはり彼女も彼女でスレイのことが好きなのだ。いざ離れてしまうと、彼のことが脳内から離れないでいる。

「……大丈夫だとは言い切れませんよね。でも、わたしたちは信じることしかできません」

俯《うつむ》きながら、レイレイは言う。スレイ奪還作戦は決行するものの、しかしスレイに直接何かすることは現状できない。

「大丈夫だよ！　スレイはああ見えて強い人間だからね！」

そう言って、ミーアは元気よく語る。空元気には変わりないけれど、今この状況で周囲を鼓舞する方法はこれしかないと思っていた。ミーアは両手をぎゅっと握り、前を向く。

「それに、これを乗り越えたら間違いなく私たちは真に自由だよ！　なんたって、相手は金貸し屋グループのボスだから！」

ミーアの言うとおりだった。相手はヤモリ直属の上司であり、金貸し屋グループの長なのだ。とどのつまり彼が全てを仕切っているわけで、彼を倒すことができれば間違いなく向こうは自分たちを諦めることになるだろう。

つまり、これはチャンスでもある。

けれども、スレイを人質に取られているという点が致命的ではあるが。

「まあ……そうね。相手を倒すことができれば……か」

「不安ですか？」

レイレイの問いに、イヴはこくりと頷く。

「あたしたちだけで……勝てるのかなって。だってさ、ヤモリが襲撃して来たときはスレイがいたじゃん」

イヴの表情は暗い。唇を噛みながら、ぼそぼそとこぼす。

「でも、今はあたしたち三人だけ。スレイがいなかったら……って思うと、あたしたちだけで大丈夫なのかなって」

前回のヤモリ襲撃はスレイがいたからこそ勝てた。そうイヴは思っている。なんせ、あのときミーアが人質に取られて完全にピンチに陥っていたのだ。そこで、良いとは思っていないがスレイがヤモリの腕を撃って状況が変わった。

いつだってそうだった。

スレイがいたから自分たちは生きてこられたのである。

それは他の二人も理解していた。

しかし、ミーアは首を振った。

「今度は、私たちだけでやるんだよ。スレイばかりに頼ってちゃダメだよね」

自分たちは彼に守られてばかりだった。スレイに引き取られてから、ずっとだ。彼がいたからこそ自分たちの今があるのだ。

だからこそ。

だからこそ、今度は自分たちだけでやる必要がある。

これは試練なのだ。自分たち三人に課された試練なのである。

「……うん。そうね。今度はあたしたちがスレイを助ける番だ」

イヴは顔を上げて、こくりと頷く。

「ですね。スレイさんを……助けましょう」

レイレイも顔を上げて、覚悟めいた表情を浮かべていた。ミーアは二人の表情を見て、嬉しそうにしながら頷く。

「それじゃあ行こう！　絶対に助けるよ！」

言って、ミーアは拳を掲げる。二人もそれに倣って拳を突き上げた。

そうして、三人はスレイ奪還作戦を始動させる。

家から出たミーアは、くんくんと鼻を鳴らす。

「相手の匂いは覚えているから安心してね！　アジトの場所だって余裕でわかるよ！」

「さすがねミーア。獣人はやっぱりすごいわね」

「ありがとうございますミーアさん！　案内お願いします！」

ミーアの鼻は優秀だ。さながら訓練された犬のように、どんなものだって匂いを覚えることができれば追うことができる。イヴが全てを見通す目ならば、ミーアは見えないものを捕らえる鼻である。

くんくんと地面を嗅ぎながら、四つん這いになって進む。

「なんだか本当に犬みたいね……」

イヴは半ば感心しながら言う。

確かに、イヴたちから見れば、ミーアが地面を嗅いでいる姿は犬のようである。問題なのはミーアの姿が犬ではなく、人型なことだ。その姿はまるで何かのプレイのようにも思えた。

「えへへ！　ありがとう！」

「褒めてはいないんだけれど……」

ミーアは超プラス思考ということもあって、喜んで耳をピコピコと動かした。彼女にもしも尻尾があれば、全力で左右に振っていたことだろう。

「まあいいじゃないですか！　犬って可愛いですし！」

そのようなことを言って、レイレイは手を合わせて笑う。

もうレイレイはミーアのことをペットの犬のように見てしまっている。

「私ってば可愛いからね！」

けれども、ミーアは嬉しそうにするばかり。レイレイは本音で褒めているわけだが、しかし言い方としては犬のようと言っているわけだから、普通は褒め言葉ではない。

確かに犬のようで可愛いという比喩はあるが、レイレイが指している言葉は人ではなく犬なのだから当然である。

「くんくん！　うーん、おそらくここから馬車に乗っているね」

道のような場所に出てきたミーアは、立ち上がって東の方角を指さした。匂いは確かに残っているが、少し薄くなったこと、馬車が止まったであろう跡が残っていることから、相手が馬車に乗ったとみて間違いないだろう。

「さすがにスレイを背負ったままアジトに向かうわけないか」

「まあ……問題ないと思いますが」

レイレイが問題ないと言っているのは、もちろん自分たちが魔族だからである。人間であれば、ここからは自分たちも馬車に乗って追おうということになるだろうが彼女たちは違う。

彼女たち三人は魔族であるため、人間とは体の作りが違うのだ。

自分たちの素足だけで、馬車が向かった先へ走っていくのも容易《たやす》いことである。

「走って行こう！　あ、でも」

ミーアは鼻を鳴らす。

「この先に魔物がいるよ。避けていってもいいけど、多分かなり遠回りになっちゃう」

おそらくはウルフ型の魔物。強敵ではないが、相手は群れである。避けていくにしても、相手が反応できない範囲ともなればかなり遠回りになってしまう。

「ふん。それくらい倒したほうが早いわ」

「わたしたちなら余裕です！」

二人は自信満々に答える。

「そうだと思ったよ！　さっさと狩っちゃお！」

自分たちは魔族である。魔物なんて、自分たちの力があれば倒したほうが早い。

ミーアたちは地面を蹴り、一気に魔物へと接近していく。もちろん相手は群れであるため、相手にバレるような動きは通常ならしないほうがいい。人間の冒険者であれば、一体一体相手を翻弄しながら倒していくのが常だ。

けれども彼女たちは違う。

三人は最強種の魔族なのだ。

「見つけた！」

三人は魔物を捕捉する。

相手は十体ほど。

人数差はかなりあるが、問題はない。

「行くよみんな！」

「もちろん！」

「はい！」

ミーアは駆け、魔物の首に向かって噛みつく。首の肉をかき取り、次の相手へと狙いを定める。

「あたしも！」

「わたしも！」

イヴはミーアに倣うように相手へと接近し、鋭い爪で相手の体を切り刻んでいく。レイレイもレイレイで、魔法を駆使して魔物を制圧していった。

——きゅるるる！

魔物は悲鳴を上げ、群れだったもののてんでばらばらになっていく。もちろん、逃がしてしまって別の仲間を呼んでくるのはミーアたちも避けたい。

彼らには悪いが、全員仕留めることにした。

「逃がさないよ！」

逃げようとする魔物に向かって、ミーアが急接近。そのまま渾身のパンチを食らわせていき、最後の魔物まで倒してしまった。

魔物を制圧するまで、ほんの一分ほど。

熟練の冒険者でも十体の魔物の群れであれば五分以上はかかる。しかも相手は縄張り意識の強いウルフ型である。なおさら時間がかかってもおかしくはない。

「よし！　完了だね！」

だが、彼女たちは普通じゃない。熟練冒険者以上の実力をもつ魔族たちなのだ。

ミーアはぐっと伸びをした後、イヴとレイレイのほうを見る。

「みんな怪我はしてない？」

「大丈夫よ。これくらいどうってことないわ」

「もちろんです！　まだまだ体力も残っていますよ！」

怪我をしないのも重要だが、ここで体力を消耗してしまうのも避けたいところではある。だが、イヴとレイイの様子を見る限りだとその心配もしなくて良さそうだ。

「大丈夫そうだね！　多分だけど、敵のアジトまで走って一時間くらいだよ！」

走って一時間。聞く限りだと、やはり一度馬車で移動すべきのようにも思えるが、しかしそれはデメリットのほうが大きい。

なんせ、敵のアジトに乗り込もうとしているのである。

馬車のようなものを使えば、相手に感づかれる可能性が極めて高い。ここは徒歩で行くのがどちらにせよベストである。

ミーア的には、一時間走る程度どうってことはない。体力だって余裕は十分残せるだろう。人間とは思えないほどのフィジカルだが、人外なのだから当然ともいえる。

「走るよ！　みんな！」

◆◆◆

「はぁ……はぁ……くっそ……」

俺は意識が朦朧《もうろう》としながら床に転がっていた。どれくらい時間が経っただろうか。自分の体内時計を信じて、ある程度時間を計っていたのだが、もうわからなくなってしまった。窓もないのだから、だんだんと感覚的な時間も狂ってくる。

それに、体中が痛い。

「スレイ、もう一発だ！」

「うぐっ……！」

エドガーが、転がっている俺の腹に向かって蹴りを入れてきた。臓腑《ぞうふ》がひっくり返ってしまうような感覚に襲われるも、俺はどうにか意識を保とうとする。

現在、俺は拷問を受けている。拷問とは、通常ならば自白を目的としたものだろうが……俺が受けているものは相手にとって悦にしかならない凶悪なものだ。

苦しい。痛い。意識が朦朧とする。

エドガー……聞いたことのない名前だったが、やっていることはヤモリ以上だ。

「こ……こんなことをして……許されると思うなよ……！」

この行為自体は、れっきとした犯罪だ。いつかは領主や自警団たちの耳に届き、こいつは裁かれる。

だが。

「もしかして警告してくれているのかい？　僕が裁かれる、そう思っているのかい？」

エドガーはこちらに近づき、顎を掴んで上を向かせる。

「残念だが、僕は裁かれない。君が生き残り、自警団たちに通報したところで彼らは鼻で笑うだろう。

どうしてかわかるか?」

そう言って、彼はにやりと笑う。

完全に勝ち誇った表情と言ってもいい。俺はその表情を見て、ただただ言葉を失っていた。

「僕が様々な組織に信用されているからだよ。自警団や貴族たちは、僕のことを善良な市民だと思っている。それに、もしも自警団が裏切って僕を領主に突き出したとしてもだ」

俺の頬をさするように指を動かすと、額をこつんと叩いてきた。

「領主は多額の税金を納め、賄賂も渡している僕を裁くことはできないだろう! なんたって、僕は模範的市民だからなぁ!」

……だから、こいつは堂々と犯罪を犯しているのか。こんな馬鹿げた、倫理観なんて悠久の向こうに置いてきた行為をしてくるのか。

俺はただ、唇を噛みしめることしかできなかった。

「さて。そろそろミーアちゃんたちも気がついた頃合いかな。もしかして……こっちに来ているかもしれないいな」

エドガーは自分の顎に手を当てて、嬉しそうにする。

いったい、どうして彼が嬉しそうにしているのか自分には理解できなかった。もしミーアたちがこちらに来ているのなら、間違いなく大きな争いになるはずだ。

なのに、どうしてこいつはニヤニヤとしているんだ。

「はぁ……いいなぁ……ゾクゾクするなぁ!」

言いながら、エドガーは両腕を広げる。

「こっちは人間ばかり相手にしていたから、魔族を殺すのは初めてだ！　どんな感触がするんだろう……柔らかいのかな、それとも魔族だから少しは頑丈なのかな！」

こいつは——悪だ。どうしようもないほどの悪だ。

どれだけ弁護する奴がいようとも、こいつは間違いなくれっきとした犯罪者だ。

だけど、俺も諦めているわけじゃない。

「お前……覚悟しとけよ……！　ミーアたちを怒らせたら怖いんだぜ……！」

「へぇ～。それは別に構わないけど、君は余裕そうだね」

彼は俺を一瞥した後、ポケットに手を突っ込んだ。

「これはまだまだ使わない予定だったんだけど、少し早めるとするか」

そう言いながら、エドガーは注射器を取り出した。中には透明な液体が入っている。明らかに、合法なものではない。

「それ、なんだよ」

「自白剤だよ。君に話してもらうことはないが、こちらの趣味として打たせてもらう」

「おいおい……正気かよ……！」

もちろん知識がない俺だって、自白剤くらいは知っている。

「これを打てば君の脳は麻痺《まひ》し、意識が朦朧とする。下手すれば中毒症状を発露し、廃人同様になることだってある。もちろん自白剤自体は法律によって禁止されているし、倫理観を問われると何も言えなくなってしまう」

　絶望的な情報をつらつらと語る。

　これを打たれてしまえば、俺の体はどうなってしまうかわからない。下手すれば、普通の人間として生きていけなくなる可能性だってある。

「けれど、僕を罪に問える人間はいない。償う気だって微塵《みじん》もない。記録には何も残らず、君の体がただ壊れて終わるだけだ」

　そう言いながら、エドガーは俺の腕を握ってくる。

「もちろん、廃人になる可能性は確実ではない。君には、己の運と戦ってもらうよ」

「……やめろ！　やめてくれ！　頼む！」

　俺は懇願する。喉が切れんばかりに大声を出して、彼に頼み込む。

　しかし、エドガーは満面の笑みを浮かべた。

「残念、無理だ」

　注射針が腕に当たる。じんわりとした痛みを感じたかと思えば、液体がどんどん俺の体内に押し込まれていった。何かが入ってくる感覚がすると同時に、皮膚から温《ぬく》もりが消え去るような感覚に陥る。

「あ、ああ……」

　力が抜けていき、記憶が曖昧になってくるのがわかる。

　自分の体が体として保てなくなるような感覚に襲われて、さながら酩酊《めいてい》してしまっているような気分になる。

頭が全く回らない。自分の名前すらよくわからなくなってきた。

「これは賭けだ。君が君として生き残れるかどうかのギャンブルだ。もしも僕がミーアちゃんたちに殺されたとしても、君は廃人になってしまっているかもしれない」

エドガーは膝を曲げて、俺の目をじっと見てくる。

「実に金貸し屋らしいギャンブルだろ？　どうせ君は奴隷たちに金を使っていると言いながら、ギャンブルで金を溶かしていたりしたんだろう？　債務者である君にとっても面白いことなんじゃないかな」

言いながら、エドガーは俺の肩に手を置いた。

「しかしこのギャンブルには致命的な欠点があってね」

そして、俺の顔面に向かって拳をぶつけてきた。

「君に勝ち目はないということだ」

◆◆◆

「もうすぐ、スレイが囚われている場所が見えてくるはずだよ」

ミーアはくんくんと鼻を鳴らしながら、地面を駆けていた。イヴとレイレイはその後ろを追う形で走って向かっていたが、ミーアの言葉を聞いて緊張感が走る。

「わかったわ。こっちでも確認してみる」

「そうだね。多分、この近さだとイヴの目も使えるはず」

イヴの目が赤く輝く。おそらくは彼女のもつ目の能力が発動できる範囲に入ったと考えたからだ。

彼女は遠くを見据え、こくりと頷く。

「見えた。二階建ての建物がある。でも……これは……」

「どうしたんですかイヴさん？」

赤く目を輝かせながら、イヴは唾を呑み込んだ。

「人数がかなり多いわ。数十人はいる。ヤモリが襲撃してきた時の人数の倍以上はいるわ」

彼女の目をもってしても、数はハッキリとしない。それほどまでの人数が相手のアジトにいるというのだ。ミーアとレイレイの額には冷や汗が流れる。

「……多分、全員が武器を持っていますよね？　それも魔族に効く弾を持っているのは間違いないでしょうし……数が多すぎませんか？」

そう、あまりにも数が多い。全員が武器を所持していることを考えると、三人のキャパを遥《はる》かに超えてしまっている。

もちろん彼女たちは強い。けれども。対処できる限界というものがある。

「大丈夫だよ！　私たちは負けない！　そうでしょ？」

ミーアの問いに、二人は深く頷く。

「もちろんそのつもりよ。こっちにも勝算はあって行動しているから」

「当たり前です。絶対にスレイさんを助けると決めましたから」

彼女たちには勝算があった。もちろん、賭けではある。絶対に勝てるという保証があるわけではない。だからと言って、諦めるわけにはいかなかった。

「いいねみんな！　よし——乗り込むよ」

「ええ」

「わかりました」

三人はお互いに視線を送り、相手のアジトへと急接近する。森の中を駆け抜け、林を抜けた先に一つの建物があった。

建物の周りには、数人の監視がいる。

彼らは見たことがない魔導具を手に持っている様子だった。

「なんだろ、あれ」

ミーアが不思議そうにする。火を起こす魔導具などの日用品に近いものは見たことがあったが、それ以外のものは見たことがなかった。

レイレイの姉であるミンミンの店には数多くの魔導具が置かれていたのに、詳しく聞かなかったことが今さら悔やまれる。

「見て。監視たちが魔導具に口を当てて喋ってるわ」

奇異な行動ではあるが、その行動を見るに何か連絡を取っているようなイメージを抱く。

「多分……会話をしているんじゃないでしょうか？　ほら、糸電話とかあるじゃないですか。その……糸がないもの……と言いますか」

その言葉に、ミーアははっとした。

確かに、監視たちの様は糸電話で話しているときそのものだ。おそらくは中の人たちと連絡を取っているのだろう。

「つまり、私たちが攻撃すれば中からいっぱい人が出てくるってことだね」

とどのつまりそういうことである。相手もスレイの仲間からの襲撃に備えているのだろう。

けれども、そんなことはミーアたちにとってあまり問題ではなかった。

「向こうから出てきてくれるって考えると、色々と捗《はかど》るかな」

相手から動いてくれるのなら、こちらだって処理をするのは早くなる。建物内部で見張りをしている人間だって、ある程度は出てきてくれるはずだ。

「そうね。よし、それじゃあ襲撃するとしますか」

「ですね。わたしの準備はできています。ミーアさんはどうですか？」

もちろん、ミーアの答えは決まっていた。

「問題ないよ。私たちの華麗な攻撃を見せてやろう」

そう言って、ミーアは近くにあった小石を拾う。

茂みの中から狙いを定め――投擲《とうてき》した。

空気を切り裂く音と同時に、一人の監視の頭に直撃する。

「……っ!?」

小石が直撃した監視の一人は、頭から血が出るのを押さえながら魔導具を口に当てる。何かを報告すると同時に、近くにいた監視たちの目が本気になる。

三人の目つきも鋭くなった。兵士が流血している様を見ても、ミーアたちは冷静だった。もちろん致命傷にはなっていないから当然ではあるが、今までの彼女たちのことを考えると珍しい反応である。

それもそうで、ヤモリ襲撃の際は向こうが攻めてきた。だが、今回は自分たちが攻める側なのである。攻める際は、少しでも相手の戦意を削ぐ必要があると彼女たちは本能的に理解していたのだ。

だから、あえて傷を付けたのである。

「敵襲だ！　おそらくスレイの仲間が攻めてきた！　全員要警戒！　周囲を注視しろ！」

兵士は流血を押さえながら立ち上がり、周囲に向かって叫ぶ。

もうこれで、こちらはうかつに動けなくなったわけだが。

けれども、こちらは別に慎重になる気なんてない。

「注視する必要はないよ！　何故なら私たちのほうから出てくるからね！」

ミーアたちは飛び出し、監視たちの前に立った。

監視たちは動揺を呈するが、しかしすぐに武器を構える。

「スレイの奴隷たちだ！　発砲を許可する！」

どうやら、相手は最初から殺す気でいるらしい。けれども、ミーアも最初からそうなるだろうとは思っていた。

相手は銃を持っている。だが、全て回避すれば問題はない。

「撃て！」

同時に発砲音が何度も響き渡る。監視数人からの同時発砲。

通常ならば、そんなことをされたら生き残ることは難しいだろう。全弾じゃなくとも、数発は間違いなく体に当たっている。

「レイレイ！　魔法！」

「もちろんです！」

レイレイが手のひらを掲げると、こちらに向かってきていた弾丸の動きが鈍くなる。最終的に空中で停止し、ふわふわと宙に浮いていた。

「なっ……!?」

「そんなバカな!?」

「なんなんだそれは!?」

監視たちが驚愕する。慌ててもう一度発砲するが、全て空中で止まってしまっていた。

その隙に、ミーアとイヴが動く。

「がぶ！」

「切り刻む」

ミーアが銃身に噛みつき、噛み砕く。同時にイヴも銃の先端をバラバラにしていった。

「くそっ……こちら外部！　早く増援を寄越せ！　銃が破壊された！」

魔導具に向かって、監視が叫ぶ。どうやら増援を呼んだようである。

おそらくここからはかなりの人数が出てくるだろう。

ミーアは息を吐き、呼吸を整える。

「増援が来る前に、お前たちを仕留める！」

そう言って、魔導具に向かって叫んでいた監視に思い切り跳び蹴りを食らわせた。

「あがっ――」

かなりの衝撃であったはずだ。監視の頬が歪《ゆが》み、脳が思い切り揺れた。

立っていられるわけもなく、監視はその場に倒れる。

「くそぉ！」

ミーアの後ろを取ることができた監視が、破壊された銃を鈍器代わりに頭を狙って攻撃を仕掛けてくる。しかしながら、その一撃は届くことはなかった。

「させません！」

「うぐっ！」

魔法によって、監視は地面に叩きつけられる。レイレイは勢いを止めることなく魔法を発動し、監視を完全に気絶させた。

殺しは絶対にしないが、容赦はしない。

これをモットーに三人が動いていく。

「こっちも！」

イヴが赤い目を輝かせたかと思えば、それを見た監視たちの体がガクガクと震え出す。

どうやら動けなくなってしまったらしい。この技はスレイにも使ったものだが、こうやって実戦でも使おうと思えば使える。

動けなくなった監視たちに向かって、ミーアがパンチで完全に仕留めていく。

「監視はこれで全部だね！」

監視をしていた人間、全員が気絶した現場を見てミーアたち三人は満足気な表情を浮かべる。

おそらく出てくる兵士は全て、外の状況を見て呆《ほう》けることだろう。そして、自分たちが不利であることをいやでも理解することになる。

こちらが圧倒的に有利な状況で進めることができるわけだ。

「ふふふ！　順調だね！」

ミーアは胸を張って、増援が出てくるのを待った。

数十人規模の足音が中から聞こえてくる。相手は全員銃を持っているだろうが、こちらとしては問題ない。なんなら、もっとガンガン攻めてきてほしいところである。

「……待て。これは」

出てきた兵士たちが立ち止まり、周囲の光景を眺めていた。

しばらく黙った後、ミーアたちのほうを見る。

「監視が全員やられている、か。こちらも舐められたものだな」

その声音を聞いて、ミーアたちの体がこわばる。相手は動揺していない。冷静に、場の状況を分析している。

「エドガー様が出たいと言っているが、こちらもプロとして彼の手を煩わせるわけにはいかない！」

仕切っているであろう兵士が手を上げると同時に、背後にいた者たちが一気にこちらに攻めてくる。

「イヴ！　レイレイ！　こっちも本気出すよ！」

「当たり前じゃない！」

「全力、出します！」

相手は数でこちらを仕留めようとしている。もちろん人数差はかなりあるが、そこまで問題というわけではない。

しかし、相手は銃を構えているが発砲しようとはしていない。

そこに違和感を抱きつつも、ミーアたちは散開する。

固まっていては、銃によってまとめて仕留められてしまうからである。ここはバラバラになって注目を散《ばら》けさせるべきだ。

「こっちも行くよ！」

ミーアはある程度仲間から距離を取った後、立ち止まってこちらに走ってくる兵士たちに身構える。

相手は発砲してこないことから、体術で攻めるつもりでいるのだろう。

だが、体術ならミーアも得意だ。

素人技ではあるものの、圧倒的な力から放たれる一撃はかなりのものであると自負している。

「殺して構わないと指示が出ている！　少女だろうが遠慮はするな！」

言っていることはゲスではあるが、しかし戦闘をする上では躊躇をしていれば相手に隙を突かれてしまう。どうやら兵士たちはある程度覚悟はできているようだ。

兵士たちがミーアに続々と接近していく。

だが。

「ふふん！　お前たちなんか怖くないよ！」

攻めてきた兵士をミーアは軽くいなしていく。的確にパンチを繰り出していき、相手に一撃を与えていく。

数は多いが、こちらは人外なのである。人外にとって、人間の力なんて赤子同然のものだ。

「とうっ！　とうっ！　とうとうっ！」

カンフーさながらな動きを見せていき、ミーアは接近戦を仕掛けてくる兵士を気絶させていった。

最初、相手が余裕そうな表情をしていたから不安になったが、どうやらどうってことはないらしい。

これは勝った、そう思った瞬間のことだった。

「人間を舐めるなよ」

そんな声が背後から聞こえた。

ミーアは慌てて回避行動を取ろうとするが、間に合わなかった。

「っ……！」

自分の頬を、銃弾が掠める。慌てて振り返ると、かなりの近距離――ほぼゼロ距離と言ってもいい場所に銃を構えた兵士が立っていた。

銃を発砲しないことに違和感を覚えていたが、どうやら彼らは接近して完全に当たる距離から銃を放つつもりだったようだ。

しかし、それを理解する頃には遅い。

思わず体勢を崩してしまった。

「終わりだな」

銃口がこちらに向けられる。次は間違いなく当たってしまう。

しかし今から動いても到底間に合うようには思えない。

「……んん！」

ミーアは目を瞑り、奇跡を信じた。

そろそろ銃弾が当たる――そう思ったのだが、けれども銃弾が自分に当たることはなかった。

「やっぱり我慢できない！　殺しの許可は撤回するよ！　さぁ君たちは銃口を下げろ！」

建物のほうから声が聞こえてくる。

ミーアが恐る恐る声がしたほうを見ると、そこにはヘラヘラとした一人の少年の姿があった。

「い、いったい何……？」

「なんですか急に……」

イヴとレイレイも困惑してしまっているようだった。

なんせ、兵士たちが突然攻撃をやめたのだから当然である。

兵士たちはその男を見るなり、頭を慌てて下げる。

「「エドガー様！　大変失礼しました！」」

その様子を見て、ミーアは身構える。

おそらく……あいつがスレイを誘拐した張本人だと察したからだ。

エドガー。ボタンからは聞いていたが、本当に一般人のように見える。普通の少年だ。

「構わんよ！　いい感じに料理してくれたようだし、こっちも盛り上がるってわけだ！」

言って、エドガーはミーアたちを見据える。

「ミーアちゃんに、イヴちゃんに、レイレイちゃんだね！　はじめまして、僕はエドガー！」

エドガーは嬉しそうにしながら、朗らかに笑う。

「スレイは僕が捕らえた。悪いが、こっちはスレイを生かすつもりはない。そして、君たちを生かすつもりもない」

彼は右手に銃を、左手にナイフを持った。

右手を正面に突き出して、左手を右腕にクロスさせる形で構える。

「君たちの姿を見ていたら気分がノってきた。君たちも捕らえて、第三村に金銭を要求することにしよう」

どうやら、相手はまともに話をするつもりもないらしい。

「へぇ～！　私たちに勝てると思っているんだ？」

だが、ミーアたちが恐れることはなかった。

「悪いわね。こっちもマジになってるのよ」

「容赦はしませんよ」

三人はエドガーを見て、構える。

「ああ～そう？　僕も舐められたものだね。いや～君たちみたいな活きのいい女の子を見ると常々思うよ」

エドガーは首を鳴らし、鋭い目でこちらを見てくる。

「殺しがいがあるってね」

刹那、エドガーの姿が消えた。いや、消えてはいない。あまりにも素早い速度で動いたものだから、目で追い切れなかったのだ。

「嘘っ⁉」

気がついたときには、ミーアの目の前にいた。

銃口が自分の額に当てられている。

「じゃあね。可愛い可愛いミーアちゃん」

まずい――そう思うが体が反応しない。

「何やってんのよ！」

「うわっ！」

動けなくなったミーアに、イヴが体をぶつけて倒してくる。地面に尻餅をついたミーアは、痛そうにしながらイヴに感謝を伝えた。

「あ、ありがとう！」

「いいのよ！　油断しないで！」

そして、ミーアの前に立ったイヴはエドガーのことを睨めつける。

「あ～あ。逃しちゃったか。僕も腕が鈍《なま》ったかな」

この一瞬でわかった。エドガーは自分たちよりも格上であると。

イヴは慌ててレイレイに視線を送り、合図をする。エドガーは今、イヴに注目している。今のうちにレイレイの魔法で行動不能にする——そのつもりでいた。

「バン」

刹那、銃声が響く。

「ひっ！」

レイレイの足下。靴先の一センチ先の地面に銃弾が命中した。レイレイは位置的に、エドガーの視野から外れていたはずだ。しかしエドガーは見えていないはずのレイレイを狙い、正確に威嚇射撃をしてきたのだ。

「君たち。申し訳ないけど、全部読めてるよ」

そう言って、エドガーはレイレイに銃口を向ける。

「バンバンバンバンバン」

彼が放った弾丸が、レイレイの左頬、右頬、首筋、左腹、右腹を掠める。圧倒的な精度をもつ弾丸に、レイレイは膝を突いてしまった。

「はっ……はっ……はあっ……！」

レイレイは本能的に理解した。この人は、今すぐにでも自分を殺すことができる。自分より、何枚も上手だと。

本能的に命の危機を察したレイレイは動けなくなってしまっていた。

「一体行動不能。次だね」

「嘘っ――!」

イヴが慌てて戦闘態勢に入ろうとするが、間に合わない。気がいたときには、自分の隣にエドガーがいて、自分の類に銃口が当てられていた。

「……もう無理ね」

「物分かりがいいようで助かるよ」

この一瞬でイヴとレイレイが行動不能に陥った。その光景を見ていてミーアの額からは汗が流れる。

絶体絶命とも言える状況だ。

「さて、後はミーアちゃんだけだ。もうお終いだよ」

銃口がミーアに向けられる。

ここで動いたら、自分は間違いなく撃たれてしまう。

もう心臓はバクバクで、手だって震えてしまっていた。

だが――諦めるわけにはいかない。

「なに?」

ミーアは腰に隠していた銃を取り出し、エドガーに向ける。

銃身なんて安定すらしていない。素人同然の構えであった。

だが、それは本命ではない。

一瞬できた隙を、ミーアは見逃さなかった。

「えいっ！」

素早い速度で右ストレートをエドガーに放つ。角度は十分。当たれば間違いなくエドガーは気を失うことになる。

しかし。

「おっと」

エドガーは左手に持っていたナイフを地面に捨て、ミーアの拳を受け止めた。

「嘘……！」

ミーアは信じられないでいた。なんせ、この自分から放たれたパンチなのだ。普通の人間ならば、受け止めるだけで下手すれば骨だって折れてしまう可能性だってある。

けれども、彼は平然として受け止めた拳を見つめていた。

「悪くないね。だが、素人すぎる」

そのまま腕を掴み、ぐっと体を近づけてゼロ距離で銃を向けてきた。

「君たちの負けだ。大人しく、僕の指示に従ってもらうよ」

完全な敗北と言っても良い。レイレイもイヴも、ミーア自身も動けなくなっていた。

もう勝機はない。諦める他ない。

普通ならそう思う。

「へへへ……まだ負けてないよ……？」

「何を言っているんだ君は。少しおかしくなってしまったのか？」

エドガーは嘲笑し、ぐっと銃口を押しつける。

「黙って指示に従うんだ。せっかくだから、殺さずに少し飼ってあげると言っているんだよ獣が」

その刹那、エドガーは異変に気がつく。

やけに周囲が静かだなと思えば、周りにあれほど多くいた兵士の姿が一切なくなっていたのだ。

「なっ……なんだ？　他の兵士は――なっ⁉」

エドガーは愕然とする。なんせ、自分の首筋に刃《やいば》が当てられていたのだ。

「神の子であるミーア様に何をするのです。重罪ですよ」

「嘘だろ⁉　僕の背後を取ったのか⁉　一切気配を感じさせず、この一瞬で⁉」

彼の背後には、ミレーの姿があった。刃を首に強く当てて、いつでも斬り倒す準備はできているといった様子である。

「あなたが持つ兵士は、私の部下によって全て取り押さえられました。後はもう、あなただけです」

「この一瞬で……だと！　信じられない！　ありえない！」

エドガーはミレーを振り払い、彼女から距離を取る。震えながら銃を構え、相手を見据えた。

「なんなんだお前！　なんなんだよこれ！」

「なんと言われても……私はミーア様を崇める異瞳教の代表ですが」

「ミーア……⁉」

言いながら、瞳孔を見開いてエドガーはミーアを見る。彼の顔は真っ青になってしまっていて、生きている心地がしないといった様子だった。

「貴様かぁ！　貴様が呼んだんだなこいつを！　卑怯だぞ！」

エドガーはミーアに向かって叫ぶ。それに対し、ミーアはくくと笑いながら答えた。

「卑怯でも問題ないよ！　私は生憎と物語に出てくる正義のヒーローとは違うんだ！」

と言って、ミーアは人差し指を立てた。

「って、いつもスレイが言っているんだよね！」

「貴様ぁぁぁぁ！！」

彼は叫びながらミーアに銃を向けようとするが、その瞬間にミレーのみねうちを喰らってしまう。

「ミーア様を傷つけようとする者には、残念ながら手加減はしません」

そのまま、エドガーは地面に倒れ、白目をむいた。

……勝った。

勝つことができた。

「勝った……！」

「ははは……なんとかなったわね……」

「助かりました……」

ミーアたち三人はその場で尻餅をついて、心の底から安堵する。

これがミーアたちが考えていた絶対に勝つ方法であったが、しかし相当な賭けでもあった。万が一
ミレーが協力を断れば、間違いなく自分たちは終わっていた。

「ミーア様。大丈夫ですか？」

「あはは……助けられちゃったねミレー」

手を差し伸べてきたミレーの手を握り、ミーアはよろよろと立ち上がる。体の力が抜けてしまっている。どうやら一気に弛緩《しかん》してしまったようだ。

「お言葉ですが、安心するのはまだかと。スレイさんを救出するのでは？」

「そ、そうだね。うん！」

ミーアはイヴたちに声をかけ、心を落ち着かせてアジトの中に入ることにした。念のため警戒しながら入ったが、中に兵士の姿は見えない。本当にミレーたちが兵士を取り押さえたようだった。本当に異瞳教はすごいなと思う。

階段を上り、最奥の部屋まで来た。

ミーアは深呼吸をして、扉を開く。

「ああ……みんな……来てくれた、か……」

「スレイ！」

「嘘!?　ボロボロじゃない！」

「意識もハッキリしていないように見えますよ！」

三人は倒れたスレイに駆け寄り、体を揺さぶる。けれども、反応が薄い。かなり意識が朦朧としている様子である。

「う、嘘……！　何をやられたの！　本当に大丈夫!?」

ミーアはもう泣きそうになってしまっていた。せっかくエドガーたちを制圧したのに、スレイ本人はこんなにボロボロだなんて……。

弛緩していた気持ちも、一気に強ばる。心臓が早鐘を打っている。

動揺していると、ミレーが間に入ってきた。

「自白剤を打たれていますね。安心してください、薬があります」

そう言って、ミレーが注射器を取り出す。

「自白剤はいわば毒です。症状から見るに、中毒にはなっていない浅い状態だと思います。なので、この解毒剤がかなり効くかと」

注射器をスレイに打ち込むと、次第にスレイの表情が落ち着いてきた。

穏やかな表情で、スレイは寝息を立てている。

「よかった……びっくりした……」

「これはもう、ミレーには頭が上がらないわね」

「安心しました……」

三人は背中を合わせて、床に座り込む。安心してしまって、体から力が抜けてしまった。

その様子を見てか、ミレーはミーアに近づく。

「さぞかし疲れたでしょう。ご自宅まで私たちが送っていきましょうか？」

「ははは……お願いしようかな」

ミーアは心底安堵した様子で、ミレーに笑ってみせた。

エピローグ

EPILOGUE

「いや〜……どうなるかと思ったぜ……！　俺、死にかけたぁ！」

自宅にて。俺はソファに体重全体を預けて、思い切り叫んだ。本当に自白剤を打たれたときは死ぬかと思った。意識だって朦朧としていたし、生きている心地もしなかった。

「もう！　全くだよ！　スレイもさぁ、少しは鍛えたらどうなの？」

「悪いなミーア。俺は戦うのは好きじゃなくてな。ミーアたちにおんぶに抱っこされてるほうが性に合っているんだ」

ふざけながらそんなことを言うと、イヴが大きく息を吐いた。

「ほんっと……これだからダメダメなのよ」

「ダメじゃないですよ！　スレイさんが可哀想じゃないですか！」

「どこが可哀想なのよ。レイレイは甘すぎるっての」

イヴとレイレイが睨み合いながら、ぶつぶつと言い合いを始めた。

やれやれ。この子たちは俺のことで争うのが大好きなんだよな。

「おいおい。俺で争うなっての」

「争ってないから！　ぶっ殺すわよ！」

なんてことを言うと、イヴが目を真っ赤にして怒ってくる。ああ……体が動かないや。やっぱりイヴは怒らせないほうがいいな。これ、死ぬほどつらいんだよな。なんか体の自由を奪われている感覚がして吐きそうになる。

「あ！　スレイさんに無理させちゃダメですよ！　怪我、治ったばかりなんですから！」

レイレイがこちらに駆け寄ってきて、心配そうに俺の頭を撫でてくる。どうやら復帰したばかりの俺のことを甘やかしてくれるようだ。

「はぁ～……ほんと甘いわ。甘ったるすぎるわ」

イヴは嘆息しながらも、ソファに座っている俺の右隣に座ってくる。

目も赤く輝いていた。今度は攻撃ではなく、照れているようだ。

「と言いながら、イヴは俺のことが心配で心配で仕方ないくせに」

「心配じゃないわよ！　あんたはもう少ししっかりしなさい！」

「へいへい」

隣に座ったイヴの頭を撫でてやると、彼女は頬を赤く染めて黙ってしまった。これだからツンデレ娘は困るんだよな。

「ずるいよ！　私も撫でて！」

「わ、わたしも！」

ぷんぷんとした様子で、ミーアが俺の膝に、レイレイが俺の左隣に座ってきた。

二人が物欲しそうに見てくるので、俺は嘆息しながら彼女たちの頭を撫でてやる。

「本当にありがとうな、お前ら」

「えへへ〜気持ちいい〜！」

「なでなで最高ですね……！」

もう俺にメロメロになってしまっているようだ。

しかし……こうして三人とだらだら平和に過ごす日常がこんなにも愛《いと》おしいものだったなんてな。

これればかりは、少しエドガーの奴に感謝しなければならないかもしれない。

とは言え、彼が俺にしたことは絶対に許されないが。

ミレーからの情報によれば、今回の一件を各地の市民に流布したらしい。そこまでされると貴族たちも裁かないわけにはいかなかったようで、エドガーたち金貸し屋グループは摘発され、人殺しの罪や詐欺罪、暴行罪などなど数多の罪を告げられたようだった。

金貸し屋との因縁は完全に終わった。

とどのつまり、真の自由を手に入れたということである。

「のんびりしたいところだが、今日は色々と用事があるぞ」

彼女たちの頭を撫でながら、俺は呟く。

「ミレーに挨拶をしに行って、んでボタンにも礼を言わなきゃならないからな」

異瞳教には助けられたし、さすがに顔を出さないわけには行かない。それに、ボタンはボタンで支援をしてくれたらしいから、土下座でもしなきゃな。

「もちろんだよ！　スレイと一緒なら、どこへだって行く！」

「あたしも。せっかく自由になったんだから、その後は四人で遊びに行かない？」

「いいですね！　遊びに行きたいです！」

遊びに行く、か。

確かに、俺たちは自由を手に入れたわけだから、心置きなくどこへだって行けるだろう。お金もあるし、イヴが言っていた雪国にだって本当に行けるかもしれない。

「なんだってできるんだ。のんびり色々としていこうぜ」

釣りだって、海だって、雪国だって、俺たちはどこへでも行ける。

別の領地にもエドガーの悪事が知れ渡ったから、気にせず移動することだってできるだろう。

「さて、そろそろ行こうか。これから大忙しだぞお前ら！」

そう言うと、三人は嬉しそうにしながら立ち上がる。

俺は三人の肩を叩いた後、前を向いた。

「自由を満喫するぞ！」

《了》

あとがき

お久しぶりです、夜分長文です。

この度は零細奴隷商人第二巻をお手にとっていただき、誠にありがとうございます。

私にとって零細奴隷商人は商業デビュー作でもあるので、こうして続きが出せたことをとても嬉しく思っております。

一巻からもう気がつけば一年と少し。さらにWeb版も含めると二年近くも経っています。もう時間の流れが速すぎて恐ろしい。

なんといったってWeb版を投稿していた頃の私は高校生だったわけです。一巻の著者コメントでは十代男性と書いていたのに、もう二十代男性になってしまいました。

お酒も飲めるようになったわけで、あらゆる作品でお酒を飲む描写を書いていたのに作者本人は全くと言ってお酒を飲んだことがないという、作家としてどうなのかという現象もなくなりました。

最初こそあまり美味しいと思えなかったビールも、気がつけば美味しくいただけるようになっていました。ビールの飲み方を分かってしまえば、あれほどに素晴らしい麦色の飲み物はありません。

今度機会があれば、仲良くしてくださっている作家様に美味しいお酒を教えて貰おうと思っています。楽しみだ。

さて、私のことはほどほどに本編の話をします。

今作も明るく元気な獣人種ミーアとツンデレ吸血鬼であるイヴ。おどおど系エルフのレイレイがしっかりと可愛く活躍するキューティクルな物語を書けたと思います。

一巻を執筆してから時間が経っていたので、本当に懐かしい気持ちになっておりました。最初こそ「一巻執筆当初の雰囲気で書けるだろうか……」と不安になっていたのですが、試行錯誤の末、どうにか一巻以上に面白いものに仕上がりました。

そして、今回は海回です。

海と言えば水着になるのですが、ミーアたちの水着衣装、とっても可愛い……マジ可愛い……あまりにも刺激的すぎる。

イヴは大人っぽく、レイレイは色気満々、ミーアはとにかくキュート！

冒頭から海へと向かうスレイたちですが、それはもう可愛い三人とキャッキャうふふな展開を描いているので、あとがきから読む読者の皆様はお楽しみにしておいてください。

ちなみに、表紙にちらっと写っている謎の女性……彼女の正体も本編で描かれていますので、そちらもお楽しみいただければなと思います。

さて、そんな愉快な零細奴隷商人ですがコミカライズの方も絶賛連載中です。

小説版のイラストも担当してくださっているもっつん＊先生が描いてくださっているのですが……もうそれは本当にすごいですよ。超絶美麗な画力で描かれる漫画版のミーアたち……最高に可愛いです。

特に私がお気に入りのコマがありまして、それが2話目12Pの一番最後のコマです。デフォルメされた三人が描かれているのですが、もう本当にここが大好きで何度も眺めています。イヴが本当にいい表情をしていてめちゃくちゃ好きです。ゴブリン食べようだなんて突然言われたら、あんな顔になっちゃう。

だが。

いいぞ、もっとやれスレイ。

いっそのことワームとか食べさせようぜスレイ。

小説家としてはあるまじき語彙力の喪失具合ですが、それほどまでに漫画も素晴らしいので、まだ読んでいない方は急いで読みに行きましょう。

コミックノヴァ様とピッコマ様で連載中ですので、何卒よろしくお願いいたします。

最後の謝辞を。

担当してくださったU様。ご迷惑等お掛けしてしまったかと思いますが、こうして二巻が出せたのはU様のおかげです。本当に感謝してもしきれません。

美しいイラストを描いてくださったもっつん*様。第二巻でも引き続き素敵なイラストを描いていただけて、本当にありがとうございます。漫画版もとても素敵で、何度も何度も読み返しております。

憧れの作家様であり、原案を担当してくださったH様。こうして第二巻でもご一緒することができて本当に嬉しく思っております。引き続きよろしくお願いいたします。

そして本作品を購入してくださった読者の皆様。

こうして第二巻をお届けすることができたのも、全ては皆様の応援のおかげです。

これからも頑張りますので、引き続き応援していただけると作者として嬉しく思います。

また皆様と出会えることを願って。

夜分長文

零細奴隷商人、一人も奴隷が売れなかったので売れ残り少女たちと辺境でスローライフをする２
～毎日優しく接していたら、いつの間にか勝手に魔物を狩るようになってきた。え、この子たち最強種の魔族だったの？～

発 行
2025年1月15日　初版発行

著 者
原案：はにゅう
著　：夜分長文

発行人
山崎　篤

発行・発売
株式会社一二三書房
〒101-0003　東京都千代田区一ツ橋2-4-3 光文恒産ビル
03-3265-1881

編集協力
株式会社パルプライド

印 刷
中央精版印刷株式会社

作品の感想、ファンレターをお待ちしております。
〒101-0003　東京都千代田区一ツ橋2-4-3 光文恒産ビル
株式会社一二三書房
はにゅう 先生／夜分長文 先生／もっつん* 先生

Printed in Japan, ISBN 978-4-8242-0363-2 C0093
※本書は小説投稿サイト「小説家になろう」（https://syosetu.com/）に掲載された作品を加筆修正し書籍化したものです。